chutney et grosse mytho

Ma mère tient un blog.

Ça s'appelle « Lecture & Confitures ». Tout un programme.

Son billet du jour, je vous le fais partager, il vaut le détour :

« *Aujourd'hui, premier jour d'octobre* (Trop fort ! ma mère sait lire un calendrier), *bientôt nous entrerons dans la saison sombre, autrefois appelée Samain par les Celtes*. (Mais où va-t-elle chercher tout ça ?) *Regardez comme la nature est belle !* (Ici, incrustation d'un lecteur de musique pour diffuser une chanson de Jean Ferrat.) *J'ai décidé de préparer du chutney de figues avec des pommes et des noix ramassées dans notre belle forêt* (ici, photo d'un pot de confiture sur fond de feuilles mortes), *qui se pare en ce moment de rouge, d'orange et de vert* (super, ma mère n'est pas daltonienne). *Admirez ses reflets mordorés !* (Au secours.) *J'ai préparé des scones pour le goûter des loulous*. (Ici, photo d'ovnis culinaires floutée façon Instagram.) *Il ne reste plus qu'à attendre l'hiver avec un bon bouquin, n'est-ce pas ?* (Là, photo de son fauteuil préféré avec un livre de mille pages sur l'accoudoir.) »

En dessous de ce message, vingt-cinq commentaires admiratifs. Ses super potes virtuels (en vrai, de parfaits inconnus) la félicitent. On la complimente sur le chutney, on l'envie (*Quelle chance d'avoir une belle forêt comme ça près de chez toi !*), on réclame à cor et à cri des nouvelles du bouquin (*On attend ta critique sur le dernier Bolson Glupsermayer !*). Et, pire que tout, on « nous » envie.

Nous, ceux qu'elle appelle ses *loulous*.

Autrement dit, les créatures imaginaires que ma mère a inventées pour peupler son désert affectif.

Parce que, voyez-vous, une erreur s'est glissée dans le blog de ma mère. Et même plusieurs erreurs. Limite, ça pourrait faire un jeu, genre *Cherchez l'intrus*. Allez, je suis sympa, je vous donne des indices pour démêler le vrai du faux.

OK, c'est l'automne pour de vrai. Je suis même d'accord pour dire que les feuilles sont rouges. Pour la mordorure, je vous laisse juges : ça dépend du degré de poésie que vous pouvez mettre dans la vie. OK, on habite près d'une forêt. Mais c'est un champ de tir militaire dont l'accès est interdit, alors pour batifoler dans les feuilles mortes avec son petit panier en osier tout en sifflotant, on peut rêver mieux. Si on traverse les barbelés malgré les panneaux à tête de mort, on trouvera plus de douilles de balles que de châtaignes, et si on en ressort, ce sera avec l'aide de Dieu et quelques champignons irradiés.

Du même auteur
Point de côté - **2006, Éditions Thierry Magnier.**
Servais des Collines - **2007, Oskar.**
Né sur X - **2008, Éditions Thierry Magnier.**
L'Âge d'ange - **2008, L'École des loisirs.**
N'importe où hors de ce monde - **2009, Oskar.**
À quoi servent les clowns ? - **2010, roman dacodac, Rouergue.**
Comment (bien) rater ses vacances - **2010, roman doado, Rouergue.**
Comme des trains dans la nuit - **2011, roman doado, Rouergue.**
Comment (bien) gérer sa love story - **2011, roman doado, Rouergue.**
Comment devenir une rock star (ou pas) - **2012, roman doado, Rouergue.**
Western girl - **2013, roman doado, Rouergue.**

Dans la collection la brune au Rouergue
Bonheur fantôme - **2009, roman.**
Le premier été - **2011, roman.**
Les singuliers - **2014, roman.**

Née en 1970, **Anne Percin** vit actuellement en Saône-et-Loire
et partage sa vie entre l'enseignement et l'écriture.

Photographie de couverture : © **Claire Cocano/Picturetank**
Graphisme de couverture : **Olivier Douzou**

www.lerouergue.com

doado

Anne Percin

ma mère, le crabe et moi

rouergue

Pour Véro, Sophie, Chantal, Bébel...
et pour toutes les autres,
courageuses Amazones en lutte contre le crabe !

Allez les filles ☺

C'est vrai aussi que le chutney de figues a brièvement existé… Mais il a fini sa misérable existence à la poubelle. Vu sa couleur, on a de bonnes raisons de croire qu'il était toxique. Les scones, c'est bien ma mère qui les a faits. Mais qui vous dit qu'ils étaient mangeables ? Sûrement pas « les loulous » qui rentrent de l'école, vu que « les loulous », en gros, c'est moi. Et que moi, Tania, quatorze ans et demi, j'ai pas envie de mourir dans d'atroces souffrances. Ben ouais, quoi : je suis jeune, je suis belle et j'ai tant d'amour à donner ! Nan, je rigole.

Bref : ma mère est mytho. Gentiment mytho. Elle embellit sa vie, quoi. J'ai pas dit qu'elle avait pas le droit, attention ! Je trouve ça juste un peu pathétique, parfois.

Moi aussi, je tiens un blog, mais il ne sert pas à enjoliver la réalité… Ce serait plutôt le contraire. J'ai un faible pour les trucs un peu glauques, un peu sombres, voire carrément gothiques, disons-le franchement. J'ai une collection de photos d'araignées, parce que j'adore ces petites bêtes depuis qu'en sixième la prof nous avait raconté l'histoire d'Arachné, une brodeuse incroyablement douée transformée en araignée par Athéna, qui était jalouse de ses talents. C'est dans *Les Métamorphoses* d'Ovide (qui est devenu mon livre culte). Du coup, j'ai développé un goût pour les métamorphoses en général ; je collectionne les photos de mues de serpents, les dépouilles de chrysalides, et puis, de fil en aiguille, ça m'a menée vers LA métamorphose suprême, le mythe absolu : la lycanthropie.

Si ça ne vous dit rien, c'est probablement que ce genre de trucs n'est pas fait pour vous. Mais si vous êtes curieux quand même, je ne vous dirai que ce mot magique : loup-garou. Sur mon blog, je poste des extraits vidéo de *Teen Wolf* et des photos de Jacob Black ou du professeur Lupin dans *Harry Potter*. Ça ne vous dit toujours rien ? (Pauvres de vous.) Bon, j'aime bien aussi les vampires, mais moins. Les elfes, les trolls, les korrigans, enfin toutes ces créatures qui n'existent pas. Ah, et oui, j'adore les images de cimetières, aussi. Bah, quoi, c'est joli, les statues d'anges, les croix, les fleurs en plastique, tout ça.

Pour qu'il y ait un peu de texte à lire, je recopie des poèmes super joyeux, genre *La Nuit de décembre* de Musset, ou *Une charogne* de Baudelaire... J'aime bien les poètes français, genre Lamartine, Hugo, Vigny, Verlaine : que des types franchement désespérés. Pas du tout le genre de lecture de ma mère, qui affectionne les sagas nordiques avec douze mille personnages, les livres d'aventure avec du suspense dedans et les polars de huit mille pages traduits du slave.

Parfois, sur mon blog, je raconte ma *life*, en déguisant tout le monde sous des pseudos de folie. Mais je me méfie quand même, parce que j'ai pas envie que ceux de ma classe ou (pire) mes profs se promènent par là strictement par hasard et découvrent ce que je pense d'eux ! En même temps, j'ai pas non plus envie de mentir comme ma mère. Du coup, je fais dans le sous-entendu. Dans l'ellipse. C'est même le nom de mon blog : « Ellipse ».

Classieux, non ? En cours de français, l'année dernière, on a vu que c'est un truc qu'on fait dans les livres quand on ne dit pas tout. Parce que, le narrateur, ça le gave de tout vous raconter, quand même. Genre, il va pas vous dire qu'Edward Cullen va au WC, qu'il tire la chasse, se lave les mains, puis se fait des tartines de rillettes de porc. Ça saoulerait le lecteur. En plus, les rillettes, ça casse le mythe du vampire sexy. Alors qu'est-ce qu'il fait, le narrateur, hein ? Ben, il passe direct au jour suivant, quand Edward chemine mystérieusement dans la lande. Les rillettes, c'est du passé. N'en parlons plus.

Ben voilà, en gros, ça, c'est une ellipse.

Et moi, alors, j'ellipse quoi ?

Je vous rassure tout de suite : je n'ai pas une passion morbide et inavouable pour les rillettes de porc. J'habite « en région », comme ils disent à la télé, dans un village charmant mais isolé du Puy-de-Dôme, près d'Issoire (département 63, région Auvergne, en gros quelque part au milieu de la France), et je vais au collège, où je fais anglais, espagnol, surtout-pas-de-latin-merci, et je déteste le sport, comme tout le monde. Sur tout cela je n'ai rien à cacher. J'en parle souvent sur mon blog. Notamment de ma haine profonde pour la discipline nommée EPS (sigle pour « ensemble de pratiques sadiques »).

C'est plutôt tout le reste que j'ellipse…

Par exemple, comment mon père a quitté ma mère il y a quatre ans pour vivre la *dolce vita* avec Chiara, une Italienne repulpée au Botox que je ne peux pas blairer, même que c'est réciproque et qu'à chaque fois que je vais chez eux, à Lyon, elle fait une crise d'eczéma, comme si elle était allergique à moi.

Ensuite, c'est mon grand frère qui est parti à Montluçon, à l'école des sous-officiers : il veut être gendarme. C'est son rêve : oui, je sais, c'est affreux, mais qu'est-ce qu'on y peut ? C'est sa vie, c'est son choix, et tout ça. Il me manque, Antoine (c'est son prénom). C'est vrai que Montluçon, ça n'est pas très loin de chez nous, mais l'école des sous-officiers, c'est pas non plus le Club Med, si vous voyez ce que je veux dire, alors il ne revient pas très souvent. En tout cas, il va pas rentrer tous les jours pour prendre son quatre heures, quand bien même la table serait littéralement couverte de scones. Comme quoi, « le goûter des loulous » dont parle ma mère, c'est vraiment du grand n'importe quoi…

En fait, pour vous résumer la situation, tout se passe comme si ma mère n'avait toujours pas intégré certaines données de base.

Par exemple, que ça fait longtemps qu'elle n'a plus de *loulous* à cajoler ni d'amour conjugal à rendre, qu'elle vit seule avec moi dans une maison trop grande, dans un village pourrave sans cinéma ni librairie à vingt kilomètres à la ronde.

Et qu'en prime, malgré ce que son blog nous laisse croire, elle n'est même pas très douée en pâtisserie.

mystère et saucisses de Francfort

Quand je disais tout à l'heure que je détestais le sport, je ne parlais pas dans l'absolu. Je n'ai rien contre le fait que des gens en fassent, par exemple. C'est vrai, il faut être tolérant dans la vie ! Si vous n'aimez pas ça, n'en dégoûtez pas les autres, comme on dit. Je voudrais juste ne pas être obligée d'en faire, quoi. Surtout cette année.

Depuis mon entrée en troisième, j'ai un professeur tyrannique qui nous force à courir toutes les semaines comme des moutons suicidaires pour participer au championnat académique de cross de l'UNSS. Notre équipe s'est déjà illustrée au cross de district puis au championnat départemental : faut croire que l'air pur qui emplit nos poumons exalte nos capacités sportives. Ou bien c'est le fromage (dans la région, on force un peu sur le fromage). Hélas, depuis cette série d'exploits malencontreuse, M. Parfenon (c'est notre prof) ne se sent plus de joie, comme le corbeau de la fable. Il pense qu'on pourrait aller jusqu'à la finale nationale, qui, cette année, est à la Réunion (département 974). À mon avis, il rêve.

Mais c'est son grand objectif dans la vie, à cet homme, alors tout le monde fait semblant d'aimer ça, pour ne pas le contrarier, parce qu'on l'aime bien.

Mais, en secret, on est tous en train de réfléchir à des stratégies pour échapper au massacre. Perso, j'envisageais une amputation des deux jambes. Mais, aux Jeux paralympiques de Londres, j'ai vu des mecs avec des prothèses futuristes, visiblement, ça ne les empêchait pas du tout de courir. Va falloir que je trouve autre chose. Ma copine Élodie réfléchit à un empoisonnement généralisé à la cantine. Comme ça, toute notre classe serait exemptée de cross. Pas bête. Ma copine Élodie, elle pense collectif : ça, c'est bien. Elle a l'esprit sportif, finalement. Faut pas le lui dire, sinon elle pète un câble, car elle a des raisons particulières de détester le sport, comme je vous l'expliquerai plus tard.

Échapper au cross : voilà le genre de trucs pour lesquels je ne peux pas compter sur ma mère. Quand je lui ai dit que j'aimerais être dispensée d'EPS à l'année, elle m'a répondu que j'avais tort de me décourager si vite, qu'avec de l'entraînement j'allais sans doute progresser, au point de me surprendre moi-même et d'étonner les autres (en étant la première collégienne du département à mourir d'un infarctus, probablement).

– On ne sait jamais, a-t-elle ajouté, imagine que, contre toute attente, tu arrives dans les trois premières ?

Si ça devait arriver (dans un monde parallèle), je l'imagine déjà poster sur son blog trois mille photos de mon arrivée spectaculaire, les bras en croix, en mode Usain Bolt, assorties de commentaires du style : « *Ma louloute vient encore de remporter une course, il va falloir que je demande à Chéri de faire une nouvelle étagère pour mettre toutes ses coupes !* » (Car parfois elle ose appeler son mari-fantôme « Chéri », sur son blog.)

De toute manière, ce n'est pas le moment de demander à ma mère de signer des dispenses d'EPS bidon. Elle a l'air excessivement occupée. Elle fait le genre de grimace que font les mamans qui ont un problème et qui ne veulent pas le dire, histoire d'épargner à leurs *loulous* une confrontation violente avec la réalité nauséabonde. Vous voyez de quel genre de grimace je veux parler ? Un mix entre l'air mystérieux du joueur professionnel (en anglais on appelle ça la *poker face)* et la tête de la victime héroïque qui se sacrifie sans rien dire pour la bonne cause. J'ai déjà observé ce phénomène chez les mères de mes copines. Par exemple, la mère d'Élodie faisait cette tête-là jusqu'à ce que sa fille (donc Élodie, si vous suivez) découvre qu'elle avait une liaison avec le prof de sport, M. Parfenon. Vous imaginez l'angoisse ? Maintenant, vous comprenez mieux l'ampleur du traumatisme sportif de ma pote. Bon, ça n'a pas duré très longtemps, cette affaire-là, parce que la mère d'Élodie est un peu timbrée et le prof est marié jusqu'au cou. Mais bon, en matière de *poker face*, ça donne une vague idée de l'étendue des possibles.

À mon avis, ma mère n'a pas un amant secret. J'aimerais bien, d'ailleurs, parce que ça l'occuperait un peu avec autre chose que ses confitures ; j'ai même essayé de la convaincre de s'inscrire à un site de rencontres sur Internet. Mais rien à faire, elle persiste à croire que la Vie va lui apporter son Prince Charmant devant sa porte un beau matin ! À mon avis, le seul Prince qu'elle peut trouver devant sa porte, c'est un gâteau rond fourré au chocolat qui serait malencontreusement tombé de ma poche.

Une autre cause de préoccupation des mamans stressées, c'est les enfants. Vu que mon frère Antoine vit sa vie de futur gendarme à Montluçon et que moi, il ne m'arrive jamais rien, je ne vois pas pourquoi elle serait angoissée par sa progéniture. Reste le boulot. Ma mère est aide à domicile pour les personnes âgées : trois fois par jour, elle va réveiller quelques vieux, les laver, leur donner à manger à midi et les recoucher le soir après une bonne ch'tite soupe. Ça occupe, je ne dis pas – mais à mon avis, ça ne suffit pas à justifier la mine soucieuse qu'elle tire à longueur de journée.

Pour vous donner un exemple, mercredi dernier, alors qu'on faisait les courses ensemble au GigaMag, ma mère a bugué au rayon charcuterie à la coupe. Elle était en *stand-by* depuis dix minutes, attendant son tour en serrant fébrilement son ticket n° 721, absorbée dans la contemplation des saucisses de Francfort. À croire qu'elle avait jamais rien vu de plus beau dans sa vie. J'étais en train de lui raconter que j'avais aperçu M. Parfenon dans l'allée des surgelés et qu'à mon avis c'était louche, un père de famille qui achète des lasagnes en barquettes individuelles. Était-il redevenu célibataire ? Sa femme l'avait-elle quitté en claquant la porte du frigo ? Avait-ce un rapport avec la mère d'Élodie ? Ma mère n'a prêté aucune attention à mes hypothèses passionnantes. Pire, quand notre tour est venu d'être appelées à la Sainte Table charcutière, elle a failli le rater ! Il a fallu que je la secoue par le bras pour qu'elle daigne enfin répondre à la vendeuse, laquelle était à deux doigts de passer au client 722. La honte.

Le pire du comble de l'horreur, c'est qu'elle n'a même pas acheté de saucisses de Francfort, alors qu'elle avait l'air de les admirer si fort derrière leur vitrine.

Sur le coup, je me suis dit qu'elle devait baguenauder dans le pays des Bisounours, en train de s'imaginer qualifiée en finale de l'émission *Top Chef*. À moins qu'elle n'ait tenté de rédiger mentalement sa critique tant attendue sur *Le Règne des étoiles - Chroniques des temps lointains*, tome 4, nouveau chef-d'œuvre de Radomir Tartiglü, prodige littéraire norvégien de dix-neuf ans.

Mais, le soir-même, alors qu'on était toutes les deux dans le salon, elle à son bureau près de la cheminée et moi devant la télé, j'ai risqué un œil dans sa direction.

L'ordinateur était allumé, elle le fixait depuis un moment et je n'entendais que le clic de la souris, alors que, quand elle rédige des textes sur son blog, elle tambourine frénétiquement sur le clavier (on dirait qu'elle tape super vite des millions de phrases, alors que pas du tout : en vrai, elle fait tellement de fautes de frappe qu'elle est obligée d'effacer la moitié de ce qu'elle écrit). J'étais sûre de voir sur l'écran le logo familier de son blog, avec son fond rose pastel parsemé de petits dessins de livres, de chats (alors qu'on n'a même pas de chat) et de pots de confiture, qui m'a toujours évoqué une nappe en toile cirée. Pourtant, cette fois, je n'ai rien vu de tel. Le fond était blanc avec des blocs de lignes cliquables bleues, comme pour une recherche sur Google. Elle cliquait de temps en temps sur des liens, ouvrait des fenêtres, parcourait leur contenu, les refermait.

– Tu fais un exposé, Mam'souille ?

Comme elle ne répondait pas, j'ai continué à plaisanter :

– Hein ? T'as interro, demain ?

Elle a fini par réagir, comme au ralenti. Elle a fermé les fenêtres ouvertes sur l'écran, m'a adressé un pâle sourire et s'est levée pour faire un thé.

Si mon père-fantôme avait été présent, il m'aurait « remise à ma place », comme il dit, parce que, pour lui, parler à ses parents comme si c'étaient des potes, c'est un grave délit passible de sanctions, voire de la peine de mort dans les cas extrêmes (comme le jour où j'ai dit : « Vas-y, déstresse, ma grosse » à ma mère, quand j'étais en CM2 – je précise que je ne savais pas à l'époque qu'elle faisait un régime, et que c'est quand même pas à cause de ça que mes parents ont divorcé) (enfin, j'espère).

J'ai commencé à m'interroger sérieusement deux jours après l'incident des saucisses de Francfort, lorsque ma mère a séché. Je veux dire qu'elle n'est pas allée travailler (pas qu'elle est devenue sèche comme une saucisse Justin Bridou). Elle ne m'en a parlé que la veille, ce que j'ai trouvé bizarre, parce que dans l'association où elle travaille, en principe, c'est super compliqué de poser un jour de congé, faut d'abord prévenir tout un tas de gens et s'assurer qu'il y aura un remplaçant pour papouiller les vieux.

C'était un vendredi, je m'en souviens parce que, justement, ce jour-là, je commence ma journée par deux heures d'EPS et que la perspective de courir sans fin autour d'un stade au milieu des feuilles-aux-reflets-mordorés qui font déraper dans la boue, ça m'enchantait moyen. À tel point que j'ai prétendu avoir chopé la gastro et mimé des haut-le-cœur devant mon bol de céréales. Hélas, tout mon talent d'actrice a été déployé en pure perte. Ma mère a insisté pour que j'aille tout de même au collège et, avant que je me traîne comme une mourante vers le bus, elle m'a fait une bise et m'a dit : « À ce soir. »

– Je ne sais pas à quelle heure je rentrerai, a-t-elle ajouté. J'ai un rendez-vous médical. On ne sait jamais quand on en sort, tu sais.

Mouais. En gros, ai-je pensé, en attendant ton rendez-vous, tu vas glander sur l'ordi pendant que moi je me tape des tours de stade ! J'ai couru pour rejoindre l'arrêt du bus où m'attendaient la poignée de misérables créatures qui ont le malheur d'habiter le même quartier que moi.

Mais, quand je suis rentrée à la maison, à la fin de ma palpitante journée de cours, ma mère n'était toujours pas revenue. Je me suis dit qu'en effet c'était longuet comme rencard. La lessive urgente n'était même pas faite, ce qui signifiait que je ne pourrais pas mettre mon jogging en velours noir dans lequel j'adore passer mes week-ends. De dépit, j'ai décidé d'abandonner mon sac de cours pile dans l'entrée, histoire qu'elle trébuche dessus en rentrant. Et j'en ai profité pour squatter l'ordi. Sur mon blog, j'ai changé la couleur du fond (bleu outremer constellé d'étoiles) pour un truc plus pétillant : noir, avec des gouttes de sang (ben quoi, c'est gai, le rouge, non ?).

Après, je ne savais plus trop quoi faire. Vu qu'on était vendredi soir, j'avais du temps devant moi, je n'allais quand même pas attaquer mes devoirs : en principe, je les garde pour occuper mes dimanches – c'est dire si j'ai une vie passionnante.

C'est alors que je me suis souvenue de la mystérieuse activité googlesque de ma mère, deux jours plus tôt. En principe, je ne m'occupe pas de ce qu'elle fait. D'abord, parce que ça ne m'intéresse pas trop. « Lecture & Confitures », c'est pas mon adresse préférée sur le Web, si vous voyez ce que je veux dire. En plus, ma mère a passé des années à fliquer mon père, avant qu'ils se séparent : elle fouillait dans ses affaires, soupçonnant une liaison avec ses collègues de bureau, puis avec ses secrétaires, surtout une, appelée Chiara… Elle avait raison, mais ça ne l'a pas empêché de partir, mon père. Je pense même que ça a accéléré le processus. Du coup, j'ai l'impression que ça porte malheur, d'espionner les gens.

Qui sait, peut-être que j'ai raison ?

J'aurais dû, en tout cas, écouter mon instinct. Au lieu de ça, je suis allée farfouiller dans l'historique Internet… Et avant même que ma mère revienne de ses rendez-vous médicaux, j'avais compris.

Halloween attitude

Si vous voulez savoir ce qui préoccupait ma mère, je vais vous le dire. De toute manière, pas la peine de trépigner : comme moi, vous auriez fini par l'apprendre à un moment ou à un autre. Les mauvaises nouvelles, ça vient toujours assez vite. En fait, le mot qui revenait le plus souvent dans les résultats de sa recherche Internet, c'était le mot *sein*.

Ouais, vous avez bien lu. *Sein*, comme un sein, quoi. Là, vous êtes sûrement en train de me plaindre : avoir une mère qui s'intéresse aux seins, c'est chelou. Encore une qui veut se faire refaire le pare-chocs avant dans le style Nabilla, tout ça pour plaire aux hommes – beuâârh, passez-moi le sac à vomi ! Mais vous n'y êtes pas du tout. L'autre mot qui revenait souvent dans sa recherche, c'était *cancer*. Ouais, comme… euh, cancer. Vu que c'est pas son signe du zodiaque, il ne restait pas tellement d'hypothèses.

Sur le coup, j'ai pensé qu'elle se renseignait pour une copine à elle. On ne sait jamais. Elle est comme ça, ma mère, tout le temps à se rencarder sur tout, à vouloir tout savoir pour dépanner les autres, ou cas où une collègue de boulot serait prise au dépourvu et lui demanderait à l'improviste : « Dis donc, j'ai un cancer du sein, tu sais comment on fait, toi ? » Et là, ma mère, du tac au tac, elle lui sort tout le déroulé du traitement, pas à pas, façon tutoriel, comme les recettes filmées qu'elle regarde sur les blogs de cuisine.

Bon, j'admets que c'était pas très crédible. Mais l'autre hypothèse qui m'était venue à l'esprit ne l'était pas davantage. Il y a des choses qu'on n'a pas du tout envie de croire possibles. On les pousse tout au bout de son cerveau, dans un petit coin sombre où on ne les voit plus, comme on planque des trucs sous le lit dans sa chambre. Enfin, moi, c'est comme ça que je fais, et si ça marche avec les papiers de bonbons, ça peut marcher avec d'autres trucs.

J'ai continué à me promener sur les sites Web que ma mère avait consultés. À vrai dire, ils n'avaient rien de bien inquiétant. Ça parlait de dépistage, de mammographie, d'échographie, de biopsie : que des trucs qu'on ne comprend pas, mais qui n'ont pas l'air trop méchants, accompagnés de photos montrant des gentils docteurs en blouse blanche qui accompagnent des jolies mères de famille venues se faire photographier les nénés. C'était tout mimi, on se serait cru dans Ma clinique Playmobil (cadeau de mes huit ans). Si ça se trouve, ma mère allait juste passer un de ces examens de dépistage obligatoires dont ils parlent dans les magazines. Et, comme elle est d'un naturel anxieux, elle lit tous les trucs à savoir sur le sujet. Comme ça, si jamais le mec qui fait les radios est pris de malaise à la vue de sa poitrine, elle pourra finir le job toute seule. Parce qu'en plus de dépanner les copines elle se dépanne elle-même, ma mère. Trois dimanches de suite, après son divorce, elle a démonté et remonté la roue de secours sur la Clio dans le garage, sous prétexte que maintenant il fallait qu'elle sache « faire ça toute seule ».

Je me suis donc préparée mentalement à l'accueillir avec une dose de stress modérée quand elle daignerait rentrer de l'hôpital où, comme je l'avais compris, elle était allée passer des examens. J'ai même entrepris de faire cuire du riz, histoire de m'occuper, parce qu'il allait bientôt être 19 heures et que la tombée de la nuit commençait à m'angoisser légèrement.

Chez nous, quand on regarde par la fenêtre de la cuisine après 18 heures, on voit une rangée de sapins qui s'estompe joliment dans la nuit et le bandeau gris de la route goudronnée qui prend des reflets jaunes quand le premier réverbère s'allume. Ça m'a fait penser que ce serait bientôt Halloween, et qu'il était temps de décorer les sapins avec quelques accessoires sympathiques (pendus en plastique, têtes de sorcières munies de piles qui ricanent quand on passe devant, araignées géantes en peluche, fausses toiles d'araignées, etc.). C'est pas pour me vanter, mais c'est nous qui avons la plus belle maison pour Halloween. Cela dit, à la minute où je regardais les sapins noirs en attendant ma mère, j'étais pas trop motivée pour la Fête des morts…

Vers 19 h 30, j'ai enfin entendu sa voiture se garer dans l'allée de graviers devant chez nous. J'ai attendu qu'elle pousse la porte, debout devant ma casserole de riz gluant toute fumante, la cuillère en bois à la main, comme une sorcière au-dessus de son chaudron magique brandissant sa baguette. Je retenais mon souffle en attendant de voir sa tête.

La porte s'est ouverte, elle a crié : « Hou, hou ! Je suis là ! » et je l'ai vue apparaître dans l'encadrement de la porte de la cuisine. Elle avait l'air normal. Tout ce qu'il y a de plus normal. J'ai même trouvé qu'elle avait bonne mine, comme si elle avait couru pour arriver ou qu'elle s'était remis une couche de fard à joues. Un instant, je me suis demandé si, en fait, je ne m'étais pas gourée dans mes hypothèses. Elle avait l'air tellement en forme ! Et si ma mère, au lieu d'aller à l'hôpital, venait de passer la journée à enchaîner les rendez-vous amoureux, genre *Qui veut épouser mon fils ?* Au bout du quinzième prétendant, elle avait peut-être décidé qu'il était grand temps de rentrer, parce que siroter du champagne en écoutant des mecs sexy vous draguer, ça va cinq minutes, mais au bout d'un moment ça finit par saouler et on est prise d'une irrépressible envie de manger du riz avec sa fille.

J'avais mis la table en l'attendant. Elle s'est extasiée sur cet exploit.

– Merci, ma louloute ! Tu as même fait du riz ? Oh, c'est vraiment génial.

– C'est juste du riz. T'enflamme pas, non plus.

– Mais si, mais si, c'est super. Je suis contente de toi, a-t-elle gazouillé en détournant soudain le regard. Tu te débrouilles bien.

Là, j'ai flairé un truc louche.

Ma mère a beau vivre dans un monde digne de *Mon Petit Poney*, avec des loulous virtuels et un Chéri imaginaire, elle est quand même lucide sur mon cas. Elle est au courant, du moins je crois, qu'elle a une adote de quatorze ans et demi à la maison, qui grogne dès qu'il faut débarrasser la table, passer l'aspirateur dans sa chambre, reboucher le tube de dentifrice et ôter ses cheveux morts du lavabo. Une adote moyennement motivée par la cuisine, qui n'est pas pressée de se lancer dans des spécialités culinaires nécessitant plus de deux ingrédients (idéalement : de l'eau + des pâtes) (déjà, j'avais vachement innové avec le riz).

Elle s'est installée à sa place habituelle sans plus attendre et a sorti sa serviette roulée de son rond de serviette. (Eh ouais, on a des ronds de serviette, comme dans une famille nombreuse ; sur le sien il y a écrit « Maman », au cas où elle serait frappée par la maladie d'Alzheimer et quelle se mette à manger sans savoir qui elle est.) Elle m'a adressé un nouveau sourire joyeux avant d'attaquer sa plâtrée de riz-qui-colle.

J'ai serré les dents, je l'ai regardée tellement intensément qu'elle l'a remarqué et a fini par relever la tête vers moi.

– Qu'est-ce qui se passe, Tania ?

Là, c'est sorti tout seul.

– Mais, pétard, tu vas me le dire, oui ou non !

Elle a ouvert tout grand ses yeux bleus.

– Mais quoi ? Qu'est-ce que tu veux que je te dise ?

Dans ma tête, la question était simple : « Tu l'as ? Ou tu l'as pas ? » Mais j'ai senti qu'il faudrait se la jouer fine. Je ne voulais pas non plus qu'elle sache que j'avais espionné sa recherche Google.

– Ben, euh… Où t'étais, aujourd'hui ?

Elle a souri, rassurée.

– Bah, je croyais te l'avoir dit ! J'étais à l'hôpital, pour passer des examens complémentaires. J'avais passé une mammographie, il y a quinze jours… Un contrôle de routine.

Je l'observais intensément, en attendant une réponse qui tardait à venir, les yeux ouverts comme l'entrée du tunnel sous la Manche. Elle a dû penser que je ne pigeais rien, et s'est crue obligée d'ajouter :

– Une mammographie, c'est une radio de la poitrine…

– Oui, je sais. De *mammo*, glande mammaire. Et alors ? C'était quoi, ces examens complémentaires ?

Elle a re-souri.

– Une biopsie. C'est…

– Un prélèvement de tissu vivant.

Là, elle était complètement sciée, faut bien le dire. Elle me regardait comme si j'étais subitement devenue hyper intelligente, ce que mes notes ne confirmaient pas, hélas.

– Mais comment tu sais tout ça, toi ?

– Euh… D'abord, je suis une fille, je ne sais pas si tu te souviens ? Ça veut dire que j'ai aussi des seins. Du coup, ça m'intéresse, tu vois. Et deuzio, tu m'as offert *Le Dico des filles* à Noël.

– Et tu le lis ?

– Ben oui, qu'ess' tu crois ? Que je le gardais pour caler un meuble bancal ?

Elle a opiné de la tête, apparemment convaincue. Il était temps. Je n'en pouvais plus d'attendre sa réponse.

– Bon, et alors ? Ça a donné quoi, cette biopsie ? C'est quoi le résultat ? Ils ont dit quoi, les médecins ?

J'espérais vaguement qu'en posant la question de toutes les manières possibles, elle finirait par me donner une réponse. Parfois, ça marche. En attendant, mon cœur battait comme un mixeur à légumes. Elle a soupiré, balancé un petit bout de pain dans l'assiette, essayé un sourire, puis un autre. Et enfin, elle a lâché :

– Je ne sais pas.

Question suspense, ma mère est très forte, vous ne trouvez pas ? Elle devrait écrire des scénarios de films d'horreur. Pour Halloween, pensez à nous. Je fais la déco, elle gère l'animation.

Frissons garantis.

l'annonce faite à Tania

Du coup, on s'est offert un week-end de pure angoisse.

La gorge nouée, la boule au ventre, tout le truc, quoi. J'avais même pas faim, ce qui en soi avait quelque chose d'inquiétant. Je me suis jetée à corps perdu sur mes devoirs, même que le dimanche à 14 h 30 j'avais tout fini, un record ! Ma mère, elle, a tenu absolument à faire des cupcakes, histoire d'entretenir sa forme. Comme d'habitude, ils étaient ratés, ce qui, par contre, avait quelque chose de rassurant.

Entre deux rognures d'ongles, j'essayais de me réconforter en pensant qu'après tout, ma mère n'avait pas trop de risques de choper une maladie grave. Elle ne fumait pas, ne buvait pas (pas à ma connaissance, en tout cas), elle avait été sportive dans sa jeunesse et fait deux beaux enfants magnifiques (je sais pas si ça compte, mais ça devrait). Alors, pourquoi elle ? Hein ? Aucune raison, vous voyez bien. Elle-même essayait de donner le change, avec plus ou moins de succès. Elle a mis la dernière main à la rédaction d'un compte-rendu de lecture sur un best-seller sorti il y a douze ans (comme si c'était utile de chroniquer des livres que tout le monde a déjà lus). Si elle n'avait pas eu une excellente excuse pour faire n'importe quoi, je crois que je n'aurais pas pu me retenir de lui faire des commentaires que mon père aurait qualifiés de « déplacés ».

J'ai dû patienter jusqu'à 16 heures pour enfin pouvoir me défouler : sur mon blog, j'ai posté coup sur coup cinq messages rageurs assortis de photos de loups-garous. Ça sert juste à rien, on est d'accord. Mais bon, ça occupe. Plus ils ont des têtes sanglantes et patibulaires, les loups-garous, plus ça me détend. Je ne sais pas pourquoi. J'ai l'impression que ça dénoue quelque chose quelque part en moi, que je me sens libérée d'un poids. Enfin, bon, cherchez pas, je ne m'attends pas forcément à ce qu'on comprenne ça.

Bref, tout ça pour dire que, le lundi matin, ma mère est partie travailler sans rien savoir de plus, ni moi non plus, évidemment. Mais, dans la matinée, elle a reçu sur son portable un appel de son gynécologue. Vu qu'il a téléphoné alors qu'elle était au beau milieu d'un soin (ce qui signifie qu'elle donnait sa douche à une mémé qui avait oublié à quoi ressemble un savon depuis longtemps), il lui a donc laissé un message demandant de la rappeler de toute urgence. Je pense qu'à l'heure qu'il est, la mémé doit encore grelotter dans sa serviette-éponge, parce que ma mère est partie aussitôt sur les chapeaux de roues avec sa super Clio dont elle peut changer les pneus n'importe quand. Elle a dû annuler tous ses rendez-vous de la journée pour profiter pleinement de l'entrevue avec le gynéco.

Il paraît que ça a été long. Qu'il a parlé longtemps. Qu'il a été très rassurant, très zen. Que c'est un super professionnel, quoi. Je n'en doute pas un seul instant.

En revanche, comme je n'étais pas présente, je ne peux pas vous dire si ma mère a pleuré, si elle s'est évanouie, si elle a éclaté d'un rire hystérique ou si elle s'est effondrée sur une chaise. On en est réduits aux conjectures, vous et moi. (C'est une expression de mon prof d'histoire, ça, « réduit aux conjectures » – trop stylée –, j'adore, le prof aussi, d'ailleurs.) Tout ce que je sais, c'est que, pour le « crabe », tout le monde avait donné son avis : le radiologue, le cancérologue, le gynécologue, l'anatomopathologue (je vous assure, ça existe), et ils étaient tous d'accord. C'était *oui* à l'unanimité.

Il y avait bien une tumeur. Grosse comme une boule de ping-pong, paraît-il. Une *tu-meurs*.

Quand je suis rentrée du collège, ce lundi-là, des macarons étaient posés sur la table. Ma mère tentait de les prendre en photo sous leur meilleur profil. C'étaient des macarons chocolat-citron. Le goût citron était censé se limiter à la crème qui était dedans, mais ça avait contaminé tout le reste, bizarrement. Le plus rigolo restait la forme, tout de même, qui rappelait vaguement celle des ballons de rugby.

– Avec un bon logiciel photo, ça peut se rattraper, Mammouthe, ai-je fait pour la rassurer.

J'ai quand même consenti à en manger quelques-uns pour mon « goûter », histoire de lui faire plaisir. Je sentais qu'elle avait mis « du cœur à l'ouvrage », comme on dit (même si l'« ouvrage » en question était un peu ingrat). Pendant ce temps, elle nous faisait un thé et ressortait son appareil photo pour immortaliser ce *tea time* qui allait sans doute finir sur son blog, avec la légende suivante : « *Un petit moment privilégié entre mère et fille…* »

J'ai remarqué une de ces serviettes en papier japonais que ma mère pose toujours négligemment sur un coin de table quand elle fait une photo de ses gâteaux. Une de ces serviettes qui n'essuie aucune bouche, une serviette purement décorative, une serviette top model. Ça sentait la mise en scène bloguesque à plein nez. Du coup, ça m'a un peu agacée et j'ai complètement oublié de penser à ce qui avait été le sujet d'inquiétude du week-end. Je ne sais pas si vous avez remarqué, mais les mères sont très douées pour faire des choses horripilantes pile au moment où on allait s'attendrir sur elles.

– Ma louloute, a-t-elle commencé, il faut que je te dise quelque chose.

J'ai tourné ostensiblement la tête à gauche et à droite pour chercher où étaient les caméras. Ça me gave quand ma mère me parle comme dans une série télé, et elle a tendance à faire ça souvent. Du coup, j'ai eu envie de *spoiler* l'ambiance.

– Quoi ? Tu veux m'avouer que le goût citron, c'est du Harpic WC ?

– Écoute-moi. Je vais retourner à l'hôpital, dans quelques jours.

Voilà.

Là, on va quelque part, me suis-je dit. T'es sur la bonne voie, Moms. Y'a plus qu'à dérouler la suite du récit. Moi, je sais, ça y est, j'ai compris : ça va être la merde, passez-moi l'expression, et, au bout d'un chemin de croix incroyablement long, on verra la lumière à la fin du tunnel, youpi tralala, comme dans les films, quoi. Seulement, ce film-là, pour lequel j'étais déjà prête, il commençait au ralenti. Avec des effets de mise en scène chelou, des travellings arrière et des gros plans inutiles sur des détails qui servent à rien. Et ça me semblait incroyablement long de devoir attendre que le film démarre. Alors, comme d'habitude, quand les adultes m'énervent à faire des tours et des détours au lieu d'aller droit au but, j'ai commencé à faire la débile :

– *Quelques jours*... Ah ouais, d'accord. Rappelle-moi : ça fait combien déjà en vrais chiffres, *quelques* ? Juste pour info.

– En l'occurrence, trois jours. Je dois faire de nouveaux examens. Un scanner, des prises de sang, un Pet-scan, tout ça...

– Un Pet-scan ? C'est pour les animaux, ça, non ? Me dis pas que tu vas leur servir de cobaye ! Je croyais qu'ils prenaient plutôt des singes...

Elle m'a regardée sans répondre tout en soufflant sur son bol de thé fumant. Ses lunettes se sont instantanément couvertes de buée et je n'ai plus vu ses yeux. Bizarrement, ça m'a fait peur, tout à coup. Comme si elle allait disparaître progressivement, en commençant par son regard. Il fallait que j'arrête mon délire, y avait urgence.

– En vrai, tu vas faire quoi ? C'est quoi, ces examens ? Ça sert à quoi ?

Malgré ma technique dite de l'« interrogation multiple », qui a pourtant fait ses preuves, elle n'a rien répondu. J'ai insisté :

– C'est pour savoir si on a un cancer ? C'est ça ?

Elle a souri :

– Non. C'est pour savoir si on peut le soigner.

Elle a retiré ses lunettes pour les essuyer et j'ai regardé ses yeux. Ils étaient plissés comme sous l'effet d'un rayon de soleil trop fort. Au coin de l'œil droit, une petite larme traçait son chemin dans un réseau de minuscules rides, comme un filet d'eau dans le désert. Soudain, j'ai eu l'impression qu'une main invisible m'étranglait. Tout ce que j'ai trouvé à dire, c'est ce truc complètement nul :

– Mais pourquoi ?

Dans ma tête, ça voulait dire : « Comment t'as chopé ça ? » Mais aussi : « Pourquoi toi et pas une autre ? » La maman d'Élodie qui fume comme un pompier, par exemple. La nouvelle femme de papa qui est pleine de silicone dans les seins, tiens. Mais, dans ma bouche, ça sonnait comme une question de bébé : « Pourquoi le ciel est bleu, pourquoi il pleut, pourquoi on a des cheveux, pourquoi la neige est froide, et pourquoi les gens meurent ? » Pourquoi, pourquoi, pourquoi ?

– Je ne sais pas. Ils n'ont pas pu me dire. Ils disent que c'est *un ensemble de facteurs*. Je crois surtout que c'est la faute à pas-de-chance…

Elle a remis ses lunettes et m'a pris la main entre les deux siennes avant de m'annoncer d'un ton presque enjoué :

– Enfin, voilà, je suis malade. Mais j'ai bien l'intention de guérir, tu sais !

– T'as plutôt intérêt. Sinon, je te tue.

Elle a eu un petit rire. Comme si je lui redonnais des forces, pour qu'elle puisse enfin me faire cette promesse incroyable, improbable, intenable :

– On va me soigner, et tout ira bien, après.

Si j'avais eu quatre ans, je crois que je lui aurais sauté dans les bras à cette dernière phrase, en riant de soulagement. Mais j'ai dix ans de plus, maintenant, et les mensonges rassurants des grandes personnes, ça ne passe plus. Au moment même où elle disait « et tout ira bien, après », c'est comme si un détecteur de bobards installé dans ma tête s'était mis à clignoter. Et aussitôt l'angoisse est revenue me bloquer la gorge.

En fait, à cet instant même, j'aurais préféré que ma mère me dise : « Tu sais, je crève de trouille et je ne peux rien te promettre. » Ou bien qu'elle pleure franchement, à gros bouillons. Oui, qu'elle pleure ! Au lieu d'afficher ce sourire de façade qui me faisait penser à celui qu'elle arbore devant moi depuis que mon père l'a quittée. Le sourire « tout-va-bien-je-gère ».

J'aurais voulu qu'elle crie, qu'elle hurle, qu'elle se roule par terre en tapant des pieds, qu'elle fasse un truc pas calculé du tout, un truc qu'on ne voit pas dans les séries françaises à la télé, un truc pas bien élevé, pas conseillé par le guide *J'élève mon ado toute seule*, au chapitre « Comment lui annoncer votre cancer ? ».

la vérité sur les nénés

Un sein, à quoi ça sert ?

C'est vrai, quoi. Voilà une question que l'on est en droit de se poser, quand on est une fille. Moi, en tout cas, je me la suis souvent posée. Surtout les jours de sport. Je ne sais pas comment c'est pour les garçons (si ça se trouve, ils ont leurs soucis aussi), mais nous, les filles, on est quand même un peu gênées de ce côté-là pour tout un tas d'activités. Bon, j'avoue, avec de bons sous-vêtements conçus spécialement pour ça, et du moment qu'on n'est pas accablée par un trop gros tour de poitrine, ça reste gérable. Mais ma copine Élodie, par exemple, qui en a des plus gros que moi, elle est désavantagée. Enfin, c'est elle qui le dit.

Elle a même tenté de plaider ça auprès du prof de sport, rapport au cross de fin d'année. Mais il a dit qu'il n'accepterait aucune excuse, à moins d'un certificat médical. Du coup, elle a laissé tomber. Vous vous imaginez aller voir votre médecin familial pour lui dire : « Docteur, je vous en supplie, faites-moi un certificat de Gros Seins ! »

– Non, mais c'est pas juste, quelque part ! protestait notre copine Lorie (qui en a des plus gros encore). On porte plus de poids que les garçons, à cause de ça.

– Ouais, on devrait les obliger à courir avec un sac à dos sur l'avant, pour compenser, a suggéré Élodie.

On était sur le chemin de retour du gymnase, vers le collège, juste derrière les jumelles Salomé et Loreleï, nos championnes locales, qui finissent toujours première et deuxième sur le podium les jours de cross. (Elles sont plates comme des planches à repasser, ceci expliquant cela.) On marchait entre filles, sans nous apercevoir que quelques mecs de la classe nous suivaient. Tout à coup, on a entendu la voix de Zlatan, le balourd des Balkans, alias Le Yéti slovaque, alias La Patate qui venait du froid. Une carrure de rugbyman en pleine expansion hormonale. Un gros rire d'ogre probablement fatal si on l'entend résonner dans un couloir sombre (Dieu merci, ça ne m'est encore jamais arrivé).

– Ça s'appelle « courir avec un handicap » ! nous a-t-il lancé.

On s'est regardées entre nous : qu'est-ce qu'il nous voulait, le Géant Vert ?

– Si on court avec un poids sur le dos, ça s'appelle un handicap, a précisé son copain Brian (surnommé « Brain », le cerveau, parce qu'il est persuadé que le sien est particulièrement performant, tandis que nous, on doute même qu'il en ait un). Ça vient de *hand in cap*, la main dans un chapeau, parce qu'on tirait au sort les équipes qui partiraient avec un désavantage.

On s'est de nouveau regardées entre filles, mortes de rire à l'intérieur (oui, on arrive à mourir de rire *silencieusement* – je sais, vous êtes trop impressionnés). Brain, il faut toujours qu'il fasse son intéressant, surtout si on ne lui a rien demandé. Et puis, sa manière de jouer les poissons-pilotes, toujours dans le sillage de Zlatan, c'est trop ridicule, quoi.

– C'est pour ça que la course des filles est moins longue, a continué Zlatan, qui tenait visiblement à alimenter une conversation qu'on n'avait pas entamée avec lui, qu'on sache.

– Ouais, parce que vous avez un handicap, s'est cru obligé d'ajouter Brain, au cas où on serait complètement bouchées.

Lorie s'est retournée violemment vers lui, en bombant le torse.

– C'est ça que t'appelles un handicap ?

Le pauvre n'a pas pu s'empêcher de poser les yeux sur la première chose qu'il y avait devant lui. Aussitôt, il a rougi jusqu'à la racine des cheveux. On était mortes de rire (avec le son, cette fois).

– Comme quoi, quand on sait s'en servir, c'est pas si handicapant que ça ! a glissé Élodie à l'oreille de Lorie, en passant son bras sous son coude pour l'entraîner.

Elles ont avancé sur le chemin vers le collège, bras dessus, bras dessous, en rigolant comme des baleines. Je suivais sans rien dire. De temps en temps, je regardais ma propre poitrine, ou plutôt le peu qu'on en voyait sous ma triple couche de vêtements.

Je pensais à ma mère. À ce qu'il resterait du « handicap » quand les chirurgiens auraient fait leur devoir auprès d'elle…

C'était bizarre. Depuis trois semaines, ma mère filait d'un rendez-vous à l'autre, de l'oncologue à l'anesthésiste. J'avais passé toutes les vacances de la Toussaint à assister à ses départs, à ses retours, à ses nouvelles lectures (*Vaincre le cancer*, *Un cancer et alors ?*, *La Vie en rose*). Et, malgré cela, je n'avais toujours pas réussi à retenir *lequel c'était*. Le gauche ou le droit ? Bien sûr, ça n'avait pas tellement d'importance… Mais, quand on a des trucs en double dans son corps, c'est plus fort que soi, on ne peut pas s'empêcher de s'attacher à l'un plus qu'à l'autre. Moi, par exemple, je préfère ma main droite à la gauche, parce qu'elle fait plus de choses, et mon oreille gauche à la droite, parce qu'elle est plus petite. Pour les seins, j'avoue que j'ai pas encore choisi. Quoi qu'il en soit, très bientôt, ma mère n'en aurait plus qu'un seul, et si ça se trouve elle allait perdre son chouchou. Car on le lui enlèverait, les médecins venaient d'en décider à leur super réunion.

Ablation totale.

Ça veut dire qu'à la fin il ne lui en resterait rien, de son sein. Même pas un téton ni un vague mamelon : rien ! Le néant. Elle m'avait bien expliqué le principe de l'opération destinée à la sauver, et qu'on appelait « mastectomie ». En gros (je simplifie pour vous), pour retirer la tumeur et éviter qu'elle se propage, on allait lui scalper le néné. Je trouvais ça hallucinant. Comment peut-on gommer totalement une partie du corps, l'annuler, la réduire à une cicatrice ?

Ça n'avait peut-être qu'un rapport lointain, mais ça m'a fait penser aux portraits des Gueules cassées de la guerre de 14-18 qu'on avait vus en histoire. Des poilus qui avaient eu la chance de revenir vivants de la boucherie des tranchées, mais à qui il manquait un nez, un œil, un menton, une joue… remplacés par un trou bien propre. Au début, ça nous avait fait un peu rire, parce que le prof nous avait montré les moulages en plâtre, exposés au musée de l'Armée, et qu'on aurait dit des bonshommes en pâte à modeler mal finis. Mais quand il nous a montré les vraies photos, on n'avait plus trop envie de plaisanter. Même les plus quiches de ma classe (et y'en a pourtant un paquet) ne riaient plus. Comment pouvait-on vivre avec des creux pareils dans la figure ? Leurs visages ressemblaient désormais à la terre des Ardennes, pleine de gouffres creusés par les obus. Leurs visages, c'était Verdun.

Le pire, peut-être, c'était la chirurgie esthétique balbutiante de l'époque qui transformait ces hommes-trous en créatures de chewing-gum par des greffes de peau audacieuses à base d'épiderme prélevé sur leurs fesses…

Hélas, on n'en a pas su davantage sur le sujet, car le prof d'histoire avait cessé la projection au moment où Lorie avait couiné : « Monsieur, je vais vomir. »

Les copines qui me précédaient ont franchi la grille du collège. J'entendais derrière moi la conversation entre Zlatan et Brain, qui tournait toujours autour de la course à pied. C'est monomaniaque, les mecs.

Comme j'étais seule, je pouvais reprendre le cours de mes pensées. Je me suis dit qu'avec un peu de chance ce serait le droit. Le sein droit. Comme ça, ma mère pourrait tirer à l'arc…

Comment ça, quel rapport ? Vous n'avez jamais entendu parler des Amazones ? C'est un peuple de la mythologie grecque. Ulysse les a rencontrées, et puis aussi Hercule. Après, je peux pas vous dire si ça prouve qu'elles existent… Tout ce que je sais, c'est que c'étaient des femmes guerrières. Comme Senna et Zafrina dans *Twilight*, quoi – pour ceux qui sont plus branchés mythologie moderne. Eh bien, les Amazones, paraît-il, se faisaient enlever le sein droit pour pouvoir tirer à l'arc. Parce que ça gène, un sein, quand on bande la corde jusqu'au bout. Du coup, *couic couic* ! Plus de sein. Ah ! c'est qu'elles rigolaient pas, les Amazones ! Capables de défendre leurs villes, de capturer des chevaux sauvages, de lutter contre les envahisseurs grecs. Après, elles n'ont sûrement jamais réussi à faire des macarons parfaitement ronds.

Remarquez, ma mère non plus.

Tout à coup, alors qu'on arrivait dans la cour du collège pour la récréation, j'ai entendu une voix me dire à l'oreille :

– Ils sont parfaits, les tiens…

Hein ? Je me suis arrêtée.

Quoi ? J'avais encore la tête pleine d'Amazones et j'ai mis un moment à comprendre que cette voix était celle de Zlatan, lequel m'avait maintenant dépassée pour rejoindre les autres garçons dans la cour du collège et leur sauter dessus de toute sa hauteur et de tout son poids, au risque de les tuer sur le coup. Quand mon cerveau a enfin intégré ce qui venait d'être dit, et par qui, je me suis sentie rougir comme Brain tout à l'heure. Sauf que moi, c'était de colère.

Qu'est-ce qu'il croyait, l'ogre de Barbarie ? Qu'il avait le droit de parler de… ? Il avait osé me faire un compliment sur… !

Je n'en revenais toujours pas. J'étais plantée devant les portes vitrées du préau, et mes amies m'ont rejointe tandis que j'étais toujours transformée en statue de sel.

– Ben quoi ? T'as oublié ton sac de sport ? m'a demandé Élodie, qui me connaît bien.

Dans ma tête, je passais en revue plusieurs insultes appropriées pour qualifier le balourd bondissant, sans en trouver une assez forte. Et puis, au comble de l'humiliation, j'ai fini par lâcher :

– Mes seins !

Les filles se sont regardées deux secondes. Avant d'exploser de rire.

– T'as oublié tes seins ?

C'est en hurlant de rire comme deux hystériques qu'elles sont rentrées dans le bâtiment, sous les yeux d'Éric, notre surveillant bien-aimé.

J'avais beau les suivre en marmonnant entre mes dents « vous êtes bêêêêtes… », ça m'a quand même fait rire, j'avoue. Et ça a eu le mérite de me faire oublier pendant quelque temps ma mère, les Gueules cassées, les Amazones, et même Zlatan, l'ourson slovène, et ses allusions débiles.

remue-ménage

On était début novembre. Ma mère devait se faire opérer le 7. En attendant le jour J, elle a fait et défait et refait sa valise pour l'hôpital, passé des tonnes de coups de fil, mitonné et surgelé des petits-plats-pas-bons, pour quand elle ne serait pas là. Une période étrange a débuté pour moi, pendant laquelle j'ai eu l'impression de me dédoubler.

Au collège, je continuais à fonctionner comme si de rien n'était. Je me marrais avec mes potes et j'essayais de me rendre transparente dans à peu près toutes les matières, avec un taux de succès de 99 % en EPS (je n'ai toujours pas réussi à effacer mon nom de la liste de classe, donc le 1 %, c'est le moment où le prof fait l'appel et où je suis obligée de dire « présente »). J'étais tellement inexistante que j'atteignais le stade dit de la « plante verte », béatitude réservée jusqu'ici à deux ou trois élèves de ma classe.

Chez mon père, où je suis allée au début du mois, j'avais choisi l'option « mur en béton armé ». Histoire de faire bloc avec ma mère, j'avais décidé de ne rien dire de ses inquiétudes ni des miennes. Ni à mon père ni encore moins à Chiara, que je soupçonnais de se réjouir secrètement de voir ma mère mutilée (c'était sans doute faux, mais j'aime bien l'imaginer en marâtre ignoble comme dans *Blanche-Neige*). Quand elle m'interrogeait sur l'opération et le traitement, je lui disais : « Je ne suis au courant de rien : si ça t'intéresse, t'as qu'à l'appeler. » C'était faux, bien sûr. Je savais tout. Mais pas question de leur simplifier la tâche ! Les renseigner, les rassurer, pour qu'ils puissent se donner bonne conscience, ça aurait été trop facile ! C'était notre traversée du désert, à ma mère et moi. Pas un pique-nique familial à la plage.

À la maison, en revanche, j'étais en ébullition. Vu que ma mère était super zen (ne me demandez pas comment elle faisait, ça me dépasse – je pense qu'elle devait fumer de la lavande), j'étais angoissée pour deux. Je tremblais tout le temps, de colère ou de peur, je ne sais pas, je ne cherchais pas à le savoir, et j'étais incapable de l'expliquer. Même la contemplation émerveillée de divers modèles de loups-garous ne suffisait plus à me détendre les nerfs, c'est dire ! Et qu'arrive-t-il quand on ne peut plus s'échapper dans un monde imaginaire rassurant, je vous le donne en mille ? Eh ben, on se tape une crisounette. C'est ainsi que, le dimanche avant que ma mère entre à l'hôpital, j'ai balancé mes fringues et mon sac de cours par la fenêtre…

Tout a commencé par une banale réflexion de ma mère au sujet du désordre de ma chambre. J'avais promis de m'en occuper, dans un délai compris entre six mois et un an. Mais elle avait lourdement insisté :

– Dans les prochains jours, tu as intérêt à t'occuper de ta chambre ! Chantal aura autre chose à faire que de ranger tes vêtements qui traînent par terre et de jeter les papiers de bonbons accumulés sous ton lit.

Tant de mauvaise foi m'avait laissée sans voix.

Des papiers de bonbons, MOI ? C'est un mensonge éhonté. Bon, il m'arrive de manger des Têtes Brûlées, mais c'est à des fins expérimentales, pour voir si c'est vrai que ça arrache la tête, comme le prétend la publicité. Quant aux vêtements qui jonchent le sol, c'est une forme de tri sélectif : toute fringue non rangée est une fringue ni sale ni propre, qui se voit offrir une seconde chance d'être portée. Parfois, je la récupère. C'est écologique. Mais allez faire comprendre ça à ma mère ! Le plus fort dans tout ça, c'est qu'elle sous-entendait que j'allais causer des problèmes à sa collègue Chantal, qui viendrait me faire à manger, ranger et nettoyer la maison et, accessoirement, surveiller mes devoirs. Ça, c'était une idée de l'assistante sociale de l'hôpital : une cancéreuse qui a des enfants à charge a droit à une aide ménagère pendant son hospitalisation, paraît-il. (Comme si j'avais besoin d'une nounou !)

Ma mère a tellement insisté ce soir-là pour que je range ma chambre, elle m'a tellement saoulée à force de répéter les mêmes choses en boucle, que j'ai fini par péter un câble. Prise d'une inspiration aussi subite que géniale, j'ai tout entassé dans un coin : les fringues, les affaires de cours, les papiers de bonbons, les chaussettes crados, puis j'ai ouvert la fenêtre et j'ai tout balancé dehors.

Nettoyage par le vide.

Notez bien que ça aurait pu être tellement élégant, comme geste, dans un immeuble de trente étages. Imaginez le tourbillon des feuilles de cours dans le ciel sombre, les stylos qui dégringolent en une pluie de couleurs, les taillures de crayons et autres petits papiers chiffonnés qui forment une couche épaisse au fond de mon sac de cours, transformés en un léger nuage vaporeux se déposant sur les balcons dans l'air du soir… Vous voyez la poésie du truc ? Bon, maintenant, imaginez que j'habite une ancienne ferme, que ma chambre est dans les combles et que ma fenêtre est sous le toit. Et que, sur ce toit, y'avait plein de neige fondue. Forcément, ça le fait moins…

Si ça vous fait rire, c'est que ça ne vous est jamais arrivé, à vous, de ramper sur les tuiles pour récupérer vos cahiers de cours et vos chaussettes sales dans une gouttière enneigée. Tout ça sous les yeux horrifiés de votre mère, qui a l'air de se demander s'il faut appeler les urgences psychiatriques.

Évidemment, dès le lendemain, j'ai regretté. Pas seulement parce que mon cahier de SVT était encore coincé dans la gouttière… En fait, j'étais désolée d'avoir laissé ma mère entrer à l'hôpital avec cette image de moi en train de balancer mes fringues par le Velux comme une malade mentale qui veut s'échapper de l'asile.

Mais heureusement, pour me punir, on pouvait compter sur Némésis (la déesse de la vengeance, pour les nuls en mythologie). Celle-ci, dans sa grande prévoyance, venait d'introduire dans ma vie la dénommée Chantal. Elle avait fait irruption dès le départ de ma mère pour l'hôpital, départ auquel il m'avait été défendu d'assister. (Elle était partie lundi matin très tôt, avec une amie, me laissant un mot sur le frigo : « Je t'aime, tout va bien, ne t'inquiète *de rien* » – *de rien*, souligné deux fois.) Chantal était une créature dangereuse qui maniait l'aspirateur avec férocité, ne cuisinait que des légumes, et s'est révélée incapable de décrypter un agenda de collégienne : elle prenait mes *smileys* pour des messages codés indiquant des devoirs supplémentaires et insistait pour que je fasse le travail que j'avais été « trop flemmarde pour noter ». Lorsque, le soir de l'hospitalisation, je me suis trouvée face à elle, j'ai compris que cette semaine serait longue… Très longue.

Elle ne devait pourtant durer que cinq jours.

Le centre hospitalier étant à Clermont-Ferrand, à trente kilomètres de chez nous, je ne pouvais pas y aller après mes cours. D'abord, ma mère me l'avait formellement interdit. Pas question que je fasse une heure de bus pour la voir allongée dans un lit avec des draps vert caca. Sa fierté ne le supporterait pas, prétendait-elle. À la place, elle avait organisé tout un réseau d'entraide censé me rassurer, et qui s'est déployé autour de moi dès le premier jour, telle la toile de Spiderman.

Toute la famille s'est mise à communiquer avec moi, par tous les moyens sauf la télépathie.

Mon père, qui avait proposé de me prendre chez lui à Lyon pendant la semaine (ce que j'avais refusé), appelait chaque soir, rongé par la culpabilité, j'imagine. Antoine m'envoyait un SMS chaque matin, et, le soir, c'était le tour de sa copine, Freddie. Mes grands-parents maternels m'appelaient deux fois par jour, ainsi que les mamans de mes copines et nos voisins. Imaginez un peu : à peine rentrée du collège, avant même d'affronter la maniaque des haricots verts, il fallait que je réponde au téléphone ! En plus, ils avaient tous le chic pour m'appeler au moment où j'étais le plus occupée. Lorsque je prenais mon petit déjeuner, y'en avait toujours un pour vérifier si j'étais réveillée... Le soir, il suffisait que je prenne ma douche pour que le téléphone sonne.

Le mercredi midi, mon frère est arrivé et on a pris sa voiture pour aller voir maman à l'hôpital. Elle avait été opérée la veille et nous a reçus dans une chambre double, ce qui a certainement joué dans mon appréciation des événements, parce que l'autre dame avait l'air vachement plus amochée. Les cheveux gras, le teint jaune, les yeux hagards, elle avait l'air d'une droguée sur qui on vient de tester une greffe expérimentale de l'estomac. Par comparaison, malgré le drain qui dépassait de sa manche comme la mèche d'une bombe et les pansements qui comprimaient sa poitrine, ma mère avait l'air en forme. Elle a remercié mon frère et l'a grondé, aussi, parce qu'il s'était ruiné en roses et en macarons. Moi, je n'avais pas eu le temps ni les moyens de me ruiner, alors je me sentais bête. Si j'avais eu seulement deux ans de moins, je lui aurais fait un « beau dessin », avec des cœurs, qu'elle aurait gardé à son chevet puis rangé dans une pochette plastique comme un manuscrit précieux du XIIe siècle, parmi des centaines d'autres. Mais, bêtement, je m'étais dit que j'avais passé l'âge de recourir au dessin. Et je l'ai regretté.

Parfois, c'est con de grandir.

À 17 heures, une infirmière nous a congédiés, parce que c'était « l'heure des soins ». Et Antoine avait encore pas mal de route devant lui. Dans sa voiture, on parlait peu. Le frangin se contentait de répéter que maman avait bonne mine et que « ça irait ». J'essayais de le croire et, tant qu'il a été là, j'y ai cru.

Jusqu'au vendredi soir.

Le dernier soir de cette longue semaine. Je venais à peine de débarrasser la table après le départ de l'empoisonneuse légumineuse, j'avais révisé mes leçons et fait la vaisselle et je m'apprêtais, avec la satisfaction du devoir accompli, à me jeter sur la télécommande pour passer un bon moment de glandouillerie devant *The Voice*... Et là, paf ! Ça ne loupe pas : le téléphone sonne ! Grrr... Je me lève et traîne mes gros chaussons en forme de créature poilue non identifiée jusqu'au téléphone. Je décroche : c'est mon père. Il avait cherché à me joindre sur mon portable, mais je n'avais pas répondu, paraît-il (normal, j'étais dans la douche et mon portable n'est pas amphibie).

– Ma grande, je m'inquiétais de ne pas pouvoir te joindre ! Comment tu vas ?

(« Je m'éclate comme une folle car la vie est si belle, d'ailleurs, j'ai invité plein d'amis qui boivent de la bière. »)

– Bah, ça peut aller...

– Tu ne t'ennuies pas ? Qu'est-ce que tu fais de beau ?

(« Je tricote des chaussons pour le Père Noël. »)

– Papa, j'allais regarder la télé, là. J'ai mangé, j'ai fait mes devoirs, j'ai pris ma douche... C'est vachement important. Ça valait le coup de m'appeler ?

Aussitôt, par réflexe, j'ai fermé les yeux comme si j'allais recevoir une gifle virtuelle. Heureusement que j'avais pas prononcé les phrases entre parenthèses qui me brûlaient les lèvres... Par le passé, j'avais eu droit à deux ou trois corrections bien senties. Ma mère a toujours été plus cool, ce qui ne m'empêche pas de savoir très bien jusqu'où je peux aller avec l'un et l'autre. Et là, j'étais sûrement allée un poil trop loin. Mais, curieusement, mon père ne m'a pas engueulée.

À la place, il a dit :

– Bon, très bien. Je voulais juste te dire que j'ai appelé ta maman : il paraît qu'elle sort demain ?

Chaque fois qu'il dit *« ta » maman*, j'ai l'impression qu'il prend un marqueur fluo pour surligner de façon évidente qu'elle n'est plus rien pour lui. Juste la mère de ses enfants. Et j'ai horreur de ça.

– Ben oui, je sais... C'est ce qui était prévu.

– Elle revient en ambulance. Tu seras là ?

(« Non, je vais à la patinoire pour m'entraîner au double axel, parce que j'en ai rien à cirer de ma *reum*. ») Avant que je réponde, mon père s'est raclé la gorge et a pris une voix inhabituellement douce pour ajouter cette recommandation :

– Tu sais, il faudra être très gentille avec elle, ma grande. Très, très gentille.

– Euh... oui.

– Et très forte, aussi. Maintenant, elle va être très, très fatiguée.

Il y avait beaucoup de *très*, dans sa phrase. Mon prof de français aurait sûrement souligné les répétitions, à moins qu'il ne note dans la marge « Bravo pour l'anaphore ». Perso, j'aime pas trop les anaphores. Je trouve ça lourd. Je suis plus pour l'ellipse, si vous vous rappelez. Avec sa ribambelle de « très, très », mon père mettait les deux pieds dans le plat de caca qu'était devenue ma vie, et pataugeait dedans avec allégresse.

Une grosse boule s'est formée dans ma gorge.

J'aurais voulu lui répondre que ce n'était pas à moi d'être « très, très gentille » avec ma mère. Que ça faisait quatre ans, depuis qu'il était parti, qu'elle était « très fatiguée », même si elle faisait semblant du contraire, et que moi, j'avais beau être gentille, je n'y pouvais rien. Rien du tout.

Évidemment, je n'ai rien dit. J'ai juste promis. Même si je ne savais pas si j'étais capable d'être si forte que ça.

J'ai raccroché après avoir prêté serment, comme si je signais un pacte avec mon sang. Puis je suis restée quelques minutes debout dans la cuisine, fixant d'un regard vide le téléphone posé sur la commode. Soudain, j'avais beaucoup moins envie de regarder *The Voice*.

Matrix sous la neige

Ma mère a toujours aimé contrarier mon père.

Déjà, avant leur divorce, c'était son sport préféré. Elle ne pouvait pas s'en empêcher. Cette fois-ci non plus, l'occasion était trop belle.

Il m'avait annoncé une maman *très, très fatiguée*, une sorte de zombie aux yeux cernés et aux gestes ralentis par l'anesthésie, qui avancerait les mains en avant en traînant les pieds telle une victime de Dracula après morsure dans le cou. Quand ma mère est rentrée de l'hôpital le lendemain matin, déposée à la maison par un ambulancier, je m'attendais à une épave. C'est bien simple, je n'osais même pas ouvrir la porte quand on a sonné : j'avais peur de ne pas reconnaître ce qui se trouvait derrière. Je la voyais déjà emballée dans une housse en plastique comme dans les séries policières.

Mais, le temps que je rassemble mes forces pour tourner la poignée de la porte, ma mère avait inséré la clé dans la serrure. Elle avait retrouvé son trousseau et fait son entrée dans un grand éclat de rire : il paraît que l'ambulancier l'avait chatouillée sous les bras en l'aidant à sortir du véhicule ! Ils ont surgi dans la cuisine en riant comme des tordus tous les deux. Puis ma mère s'est jetée sur moi pour me dire bonjour, me serrant à m'étouffer. Pour un peu, l'ambulancier repartait avec un autre corps : le mien.

À l'hôpital, elle ne s'était pas ennuyée. Après notre visite, à Antoine et moi, elle avait reçu celles de ses amies de Clermont, d'une de ses collègues, et même d'un de ses clients. Un octogénaire pour qui, en temps ordinaire, elle faisait le ménage, les courses, la cuisine, et avec qui elle jouait au rami. Il avait forcé sa nouvelle aide à domicile à l'emmener en voiture à l'hôpital, juste parce qu'elle lui manquait ! Ma mère en était tout émue. Tu parles ! À mon avis, il devait jubiler, le vieux. Contempler une femme qui a la moitié de son âge sur un lit d'hôpital : l'extase ! Il était trop content que ce soit à elle et pas à lui qu'on allait apporter des sucreries à l'hosto… Enfin, bon, j'ai rien dit à ma mère, parce que le vieux lui avait offert des calissons, et ça, c'est quand même la grande classe, niveau bonbons.

En attendant ses prochaines séances de kiné à Issoire, ma mère se reposait un maximum. Les voisines curieuses et les collègues de son association passaient taper la discute ; elle les recevait sur son fauteuil préféré, autrefois dévolu à la lecture. Une activité à laquelle elle avait plus de mal à se consacrer, depuis l'opération. Son plus gros problème, disait-elle, c'était la somnolence. Et je voyais bien que le marque-page glissé à la page 98 de *Boutlouk le démon des steppes et son ombre qui n'était pas noire* – saga nordique du célèbre Drünj Ljurmstrøm, le romancier suédois préféré des blogueuses – ne changeait pas de place. À ce rythme, elle n'atteindrait jamais la délivrance, page 844. Autant abandonner la littérature… C'est ce qu'elle fit lorsqu'une de ses copines lui apporta un livre intitulé *Art-thérapie : 250 coloriages anti-stress*. Aucun mot, que des dessins ! Des dessins à colorier, même ! On tombait en pleine régression infantile. J'ai cru que ma mère allait lui jeter son livre pour bébé à la tête, mais au lieu de ça, elle m'a demandé de lui prêter ma boîte de crayons de couleur et de feutres que je garde précieusement depuis le CE1 (et qui contient, accessoirement, ma réserve secrète de Têtes Brûlées). Pour marquer ma désapprobation, j'ai tenu à l'avertir :

– Fais gaffe, Momolle. Si ça continue, ils vont t'offrir des livres de bain en mousse.

Et puis, peu à peu, les amis ont moins téléphoné. Pour eux, le plus dur était passé. Après tout, techniquement, elle « n'avait plus le cancer », puisque la tumeur avait disparu ! Ce qui était à peu près aussi malin comme raisonnement que de penser qu'on a chassé un rat en faisant disparaître ses crottes. Il est passé par ici, il repassera par là… D'une cellule à l'autre, le rat continue à cavaler en contaminant tout sur son passage. On avait retiré sa plus grosse crotte, mais l'animal était toujours là. Il allait falloir l'empoisonner. C'était la prochaine étape, ça.

La chimiothérapie.

On en parlait souvent, avec mes copines. (Pas des rats en général, mais de la chimio.) Depuis que je m'étais retrouvée seule quand ma mère était à l'hôpital, je passais auprès d'elles pour une espèce d'héroïne. Une fille en avance sur son temps, une nana du futur, qui fait des courses toute seule à GigaMag et qui se prépare des plats avant de faire ses devoirs (je ne leur avais rien dit au sujet de Chantal-la-Verdure, évidemment). Mais, parfois, leur admiration teintée de pitié devenait gonflante. C'était le cas quand elles décidaient de m'interroger sur l'opération. Elles s'y mettaient à plusieurs, comme dans un interrogatoire de police :

– Ils lui ont tout retiré, t'es sûre ?

– Comment ils savent qu'il en reste pas des bouts ?

– Pourquoi ils ont pas enlevé le deuxième sein ? Histoire d'être sûrs ?

(Mes copines ont une conception extrémiste de la médecine. Si elles avaient été chirurgiennes, je pense qu'un gosse venu pour une appendicite repartirait avec le système digestif en moins. Au cas où.)

Au bout d'un moment, pour tester ma résistance morale, elles finissaient inéluctablement par me demander :

– Mais tu ne t'inquiètes pas, toi ?

La question qui tue. (Façon de parler.) Au jour d'aujourd'hui, je n'ai toujours pas compris pourquoi elles me la posaient. Peut-être qu'elles cherchaient à savoir si je n'étais pas un robot ? Exprès, je répondais :

– Non, pas du tout. Pourquoi tu veux que je m'inquiète ?

– Bah, c'est grave, quand même, un cancer ! Y'a des gens qui en meurent.

– Tu dis ça pour me remonter le moral, je suppose ?

Mon regard glacial à cet instant faisait baisser tous les yeux. J'avais mon petit effet. Ma mère m'avait recommandé de traquer impitoyablement les gens pessimistes et de dégommer les pensées négatives dès qu'elles pointeraient le bout de leur nez. Les copines étaient les premières victimes de cette chasse aux mauvaises ondes. Maladroitement, elles essayaient de s'adapter :

– C'est vrai, ça se soigne bien, maintenant.

– Le cancer du sein, c'est 83 % de guérison ! assénai-je avec confiance (en essayant de ne pas penser aux 17 % restants).

C'était un des premiers trucs que ma mère avait appris sur Internet. Un des premiers trucs qu'elle m'avait dits, aussi. Au sujet de la chimio, elle se renseignait également sur le Web et me faisait largement profiter de son savoir. Du coup, j'étais incollable sur les protocoles médicamenteux. À mes copines, j'expliquais qu'on allait injecter à ma mère des tas de produits chimiques directement dans son sang. Que j'avais vu, sous sa peau, au-dessus du cœur, la petite bosse bleue que formait la chambre implantable. Que c'était une sorte de capsule dans laquelle on injecte des mélanges de médicaments qui forment la chimiothérapie.

– Truc de malade ! (L'expression typique d'Élodie.) Une boîte en plastique sous la peau ? Mais on se croirait dans *Matrix* !

(Élodie adore les films de science-fiction.)

– C'est dégueu ! a braillé Lorie. Mais pourquoi ils lui font pas des piqûres, à la place ?

– Pour ne pas lui bousiller les veines ! Imagine qu'on te pique au creux du bras toutes les trois semaines pendant quatre mois… T'aurais les veines explosées, le creux du bras tout bleu, comme une droguée !

Là-dessus, elles s'enfuyaient en faisant des grimaces, sans que je puisse terminer mon imitation de zombie. Ce qui était quand même dommage, vu que j'imite très bien les zombies quand ils avancent, les jambes raides et les bras en avant.

C'est donc archimotivée, hyper documentée et pleine de courage que ma mère a entamé sa chimiothérapie. Je la soutenais à fond. Début décembre, quand elle est partie pour sa première injection, j'aurais presque agité des pompons en acrylique sur le pas de la porte comme une *cheerleader*. D'après moi, c'était bien différent de l'opération : elle serait de retour le soir-même. Pas de stress, pas de solitude, pas de coups de fil incessants, pas de Chantal-la-Verdure ! Le bonheur, quoi. Enfin, presque…

À son retour, je l'ai trouvée nettement moins motivée. Elle s'est mise instantanément en mode « hibernation », passant ses journées entre le canapé et le lit. Je trouvais ça un peu décevant, comme résultat. Bon, elle se levait tout de même pour me faire à manger. L'essentiel, quoi. Elle avait trois semaines pour « digérer » ce premier cocktail de médicaments, jusqu'à la prochaine dose, qui interviendrait juste avant Noël.

Pour le réveillon, on était invitées chez mes grands-parents maternels, comme d'habitude. Mon frère serait là, avec sa copine Frédérique, alias Freddie (comme dans *Freddy - Les Griffes de la nuit*, le film d'horreur de Wes Craven). Mon frangin l'appelle comme ça, car elle bosse dans une onglerie, un genre de boutique où on te peint des tableaux abstraits sur les ongles avec un tout petit pinceau en poils de bique. En principe, Noël offre à ma mère l'occasion de déchaîner ses instincts créatifs : préparation de pains d'épices en forme de bonshommes (du style Ti'biscuit dans *Shrek*), réalisation de l'indispensable couronne de l'Avent sur la porte d'entrée, décoration des vitres et *tutti quanti*.

Cette fois, elle a juste fait des cookies, alors que d'habitude elle se croit obligée d'amener chez mes grands-parents un foie gras qu'elle a préparé elle-même, une bûche au beurre et des fruits confits maison.

– Comme on y va en train, cette année, je ne vais pas me charger, tu comprends.

Ça, c'était l'excuse officielle. Mais, même si ma mère n'en disait rien, je savais bien, moi, que la petite boîte sous sa peau continuait à lui délivrer un mélange vitaminé qui aurait fait planer un bœuf… Elle se sentait de plus en plus fatiguée et, au moment de partir, c'est moi qui ai dû me charger de faire le tour de la maison pour couper l'eau et l'électricité, vu qu'elle avait l'air à l'ouest. J'ai bien cru que j'allais devoir conduire jusqu'à la gare d'Issoire, mais, par miracle, elle a réussi à prendre le volant (et à le garder). On a donc pris le train pour Nancy, où vivent mes grands-parents, et Antoine et Freddie nous y ont rejoints le soir du 24 décembre.

La fête battait son plein, avec déballage de cadeaux et coupes de champagne, lorsque, tout à coup, ma mère a quitté la table de fête pour se ruer aux toilettes. Là, on a entendu un bruit horrible. Un genre de gargouillis monstrueux.

J'ai regardé mon grand frère. Il regardait sa copine, qui le regardait aussi.

Ils étaient devenus tout blancs, tous les deux.

– Euh… Elle est en train de se transformer, ou quoi ?

Sérieux. On aurait dit le professeur Lupin dans *Harry Potter*, quand il oublie de prendre sa potion Tue-loup.

Ma mamie s'est précipitée pour aller voir ce qui se passait. Comme on s'en doutait, c'était pas la joie. Je vous épargne les détails techniques, mais disons, pour aller vite, que le cocktail médicamenteux avait provoqué chez ma mère une forte activité gastrique… et que, dans un grand élan créatif, elle avait entrepris de retapisser les toilettes.

Pour se refaire une santé, elle est restée quelques jours à Nancy, se faisant dorloter par ses parents. Quant à moi, j'ai repris le train pour Lyon. C'est chez mon père que je devais passer mes vacances. Là, je sens que je vais vous faire le coup de l'ellipse (vous vous souvenez de ce que c'est, j'espère ?), parce que ma belle-mère et ses histoires, je préfère ne pas me les refaire en *replay*.

Ce que j'ai envie de vous dire, quand même, c'est que, chez mon père, tout le monde a été très gentil avec moi. Très, très, mais alors *très* gentil… En fait, tout se passait exactement comme si ma mère était morte et enterrée.

Moi, je savais qu'elle était forte, ma mère, qu'elle se battait, qu'elle n'avait pas besoin de leur pitié ! Je pensais que quand je la retrouverais, après le Nouvel An, elle serait fidèle à elle-même. Un exemple d'optimisme, un modèle de positive-attitude. Une battante, une *winneuse*. Une Amazone, quoi.

Sauf que j'avais oublié un léger détail.

La chimie, c'est puissant. Ça change les gens.

mort au poil

Darwin l'avait bien dit : l'homme descend du singe.

Non seulement nous sommes tous des animaux, mais en plus des primates. C'est vrai, ça : on aurait pu descendre des reptiles, comme les oiseaux, ou bien des poissons ou des insectes, ou même des crustacés, tiens ! Pourquoi seuls les primates ont évolué à ce point-là ? Faudra que je pense à demander ça à ma prof de SVT. Bref. Toujours est-il que l'homme, malgré quelques exceptions notables (genre, le principal de mon bahut, qui descend de l'huître), est un mammifère poilu. En clair, ça veut dire que chez l'humain les filles, non seulement ça a des seins, mais ça a des poils.

Le problème, c'est que le premier ornement plaît beaucoup aux garçons et le deuxième pas du tout. Du coup, la plupart des femmes passent leur temps à mettre en valeur les premiers et à éliminer les seconds. C'est une lutte sans fin.

Par exemple, au collège, c'est un grand sujet de discussion entre filles de troisième. Dans les vestiaires du gymnase, on se montre nos jambes, on s'inspecte. Il y en a toujours une pour se lamenter :

– Regarde, ça repousse déjà, pourtant je me suis épilée la semaine dernière !

Les autres compatissent, désolées :

– Ma pauvre… T'as pris quoi ? Un rasoir ?

– T'es folle ! Je le fais à la crème.

Regards consternés des copines. Mines apitoyées. Conseils avisés :

– Mais, la crème dépilatoire et le rasoir, c'est pareil ! Ça fait repousser les poils ! Le mieux, c'est la cire en institut : c'est ma mère qui le dit. Ou l'épilation définitive au laser, mais ça, c'est pour les stars.

Moi, j'en étais restée là : « Le mieux, c'est la cire. » C'est Lorie qui l'avait affirmé, et sa mère est esthéticienne, alors elle doit quand même savoir de quoi elle parle, me disais-je.

Eh ben, c'était faux. Grâce à ma mère, je sais maintenant qu'il existe une méthode encore plus radicale pour faire disparaître les poils ! Tous les poils… C'est sans douleur, pas la peine de s'abîmer la peau. Le poil tombe tout seul et laisse la peau douce comme celle d'un bébé. Merveilleux, non ?

Ça s'appelle la chimio.

En janvier, avant sa troisième séance, ma mère a commencé à perdre ses cheveux. Pas tout de suite, pas par poignées, pas de façon spectaculaire, non. Elle perdait ses cheveux avec modestie et discrétion. Elle ne se plaignait de rien, au contraire : à l'inverse d'autres patientes traitées dans le même service qu'elle, elle se flattait de ne pas être devenue chauve dès la première injection ! C'était sa grande fierté. Malgré tout, j'apercevais des mèches traînant un peu partout : sur les serviettes de la salle de bains, dans les plis du canapé, sur les sièges de la voiture, sur le tapis du salon… C'est bien simple, on aurait cru qu'on hébergeait un chat persan en pleine mue. Ses changements de coiffure audacieux ne m'ont pas échappé non plus. Un jour, ses cheveux étaient tirés en arrière, l'autre jour, ramenés vers l'avant… Elle a brièvement arboré une frange, très moche, puis la frange est devenue si fine qu'on aurait dit un rideau de dentelle.

Quant à ses yeux, ils devenaient de plus en plus gros et de plus en plus bleus. Un jour, j'ai fini par comprendre que ses sourcils avaient disparu, et bientôt ses cils aussi ! Ça lui faisait un drôle de regard. Un regard d'alien. Malgré tout, les apparences étaient sauves, elle avait encore « quelque chose » sur la tête…

Un samedi où Élodie est venue chez nous pour bosser sur un exposé de français, elle a croisé ma mère qui parcourait la cuisine en se grattant le crâne, une manie qu'elle avait tout le temps en ce moment et qui avait pour principale conséquence d'accélérer la chute des tifs. Ma copine a tiqué :

– Elle a une drôle de tête, ta mère, en ce moment…

– Je sais. Et encore, tu l'entends pas vomir les nuits où elle rentre de l'hosto…

Élodie a grimacé. Je me suis dit que j'aurais mieux fait de garder ce détail pour moi au moment où l'on s'apprêtait à se faire des tartines de Nutella pour le goûter. Mais en réalité, ce n'était pas de dégoût qu'Élodie grimaçait.

– Ça m'énerve, a-t-elle repris, je cherche où j'ai déjà vu quelqu'un qui n'a plus de cils ni de sourcils…

– Euh… Dans un hôpital, probablement, ai-je proposé.

– T'es folle ? J'vais jamais à l'hôpital, j'ai pas de raison.

Oui, évidemment, me suis-je dit. L'hôpital, c'est vraiment le seul endroit où on ne va pas en touriste. J'avais beau chercher des contre-exemples, il ne m'en venait aucun. Même une prison, ça se visite quand elle est vide, comme Alcatraz ou Fort Boyard. Mais l'hôpital…

– Ah, voilà ! a soudain braillé Élodie, c'était à la télé. C'est dans *Matrix* ! Quand Neo se réveille dans la matrice, il émerge d'un cocon où il baigne dans son liquide nutritif, et il n'a pas de cheveux.

– Pour ma mère, ça ne devrait plus tarder… Elle est en train de les perdre.

Ça n'a pas eu l'air de l'émouvoir. Élodie, quand elle est à fond, elle est à fond.

– Eh, je viens de me rappeler ! Tu vas pas me croire, mais dans *Minority Report* il y a presque la même scène ! Des créatures appelées *précogs* sont maintenues en vie végétative, immergées dans des caissons de liquide amniotique, comme des bébés. C'est bizarre, hein ?

– Trop.

Elle m'a regardée, soudain grave. L'info que j'avais laissée échapper deux minutes avant venait enfin d'arriver à ses neurones.

– Elle va avoir une perruque, ta mère ?

Je n'en savais rien. Ça semblait probable, mais elle ne m'en avait jamais parlé. De toute façon, depuis que la chimiothérapie avait commencé, ma mère ne me semblait plus tout à fait la même. Autant elle s'était montrée pleine de courage et d'optimisme à l'annonce de sa maladie, autant elle paraissait maintenant se laisser porter, s'abandonner au destin. Elle me faisait penser à une petite fille prise dans la tempête, à bord de son radeau livré aux vagues en furie. (Je ne sais pas si les petites filles font du radeau, genre Vendée Globe Challenge. Mais bon, vous voyez l'image.)

Les matins, elle passait beaucoup de temps à se coiffer, se maquiller. Elle se tartinait de crème hydratante plusieurs fois par jour, parce que sa peau était devenue très sèche et que ça la tiraillait de partout. Elle avait maigri, pas seulement parce qu'elle avait arrêté de tester des recettes de pâtisseries indigestes. Désormais, même une banale quiche lorraine lui mettait le cœur à l'envers. Quand je la voyais dans cet état, je n'osais plus feindre d'avoir mal au ventre pour sécher les cours d'EPS. Je me serais sentie trop nulle de faire semblant tandis qu'elle se tortillait pour de bon, luttant pour ne pas vomir devant son assiette.

Elle ne travaillait plus. Dès la première chimio, elle s'était mise en arrêt de travail. Elle avait chopé un rhume, puis une bronchite et, à peine remise, s'était mise à collectionner les petits bobos : des aphtes dans la bouche, des bleus sur la peau… Le bombardement chimique qui se poursuivait dans ses veines, via la petite boîte magique, c'était son petit Hiroshima personnel. On n'aurait pas cru, à la voir, mais il y avait une guerre en elle. Et la guerre, ça dévaste.

Parfois, elle avait des moments de répit, tout de même. Des jours heureux, où elle se sentait plus en forme, moins fatiguée, où l'appétit revenait. Quand elle se sentait mieux, elle allait rendre visite à une mémé ou à un pépé qui refusaient de se passer d'elle. Elle leur faisait deux, trois commissions et bavardait un peu, ce qui était de loin pour eux le plus important. En échange, ils lui donnaient « la pièce », comme ils disaient. Pour l'inspection du travail, il paraît que ça s'appelle « travailler au noir ». Et que c'est interdit. Du coup, pour être plus discrète, ma mère chaussait une paire de lunettes de soleil. Elle se coiffait d'un large bandeau noir qui recouvrait son crâne pelé et montait dans sa voiture. Certains matins, elle était tellement blanche qu'on aurait cru un vampire.

En faisant un petit effort, elle aurait pu se trouver une cape rouge, quand même.

Je l'interpellais avant qu'elle parte :

– *Mum*, sérieux, tu peux pas aller bosser comme ça !

– Pourquoi ? Qu'est-ce qui se passe ?

– Les vieux, ils vont croire que c'est la Mort qui vient les chercher. Direct, ils vont faire une crise cardiaque !

Elle partait, souriante quand même, malgré sa peau pâle de *précog*.

Et moi, j'allais au collège, rassurée et même assez contente de moi, parce que j'avais réussi à la faire rire.

debout, les relous !

Ma mère a tenu le coup comme ça, tant bien que mal, jusqu'à sa quatrième séance de chimio, fin janvier. Elle faisait illusion, à grands coups de maquillage et de camouflage.

Au collège, je faisais illusion aussi, mais j'avais de plus en plus de mal à supporter le regard apitoyé de mes copines. C'est très dur quand ceux qui vous ont toujours aidée à vous sentir bien, à vous distraire et vous amuser, se mettent à vous lancer des regards de nounours dépressifs. Depuis sa visite chez nous pour notre exposé, Élodie semblait avoir découvert le vrai visage de ma mère. C'est comme si elle détenait un secret énorme. Elle était la première à me demander, quand on se retrouvait devant la grille du collège :

– Ça roule, poupoule ? Et chez toi, ça va ?

Elle me pressait le bras, et je crois qu'elle serait allée jusqu'à porter mon sac, si le sien n'avait pas déjà pesé douze tonnes. Dans ces moments-là, j'avais envie de mettre des lunettes noires, pour que personne ne me reconnaisse. J'étais officiellement « la fille qui vit seule avec sa maman qui a le cancer », et ça commençait à devenir lourd.

Relou de chez relou.

Je finissais par détester tous ceux qui auraient pu m'aider. Je leur reprochais de ne pas comprendre, d'être trop concernés ou pas assez, trop attendris ou pas assez, personne n'était jamais à la hauteur. Même mon frère Antoine, quand il venait, je le trouvais à côté de la plaque. Il posait plein de questions sur *l'après* : quand la chimio serait-elle finie ? quand commencerait la radiothérapie ? quand aurait-elle droit à la reconstruction mammaire ? (C'est quand on te refabrique un sein avec des muscles et de la peau d'ailleurs.) Bref, tout un tas de problèmes techniques que ma mère lui détaillait et que je n'avais aucune envie d'entendre. Je me disais qu'il fallait déjà vivre ce qu'il y avait à vivre, jour après jour. Ça ne servait à rien de s'imaginer dans un an, de faire des projets du genre : « Tu verras, maman, avec Freddie, Tania et toi, on ira tous ensemble faire du ski l'an prochain à Super-Besse. » Parce qu'avant ça, il faudrait déjà aller d'une heure à une autre, simplement. D'une soirée relax à un matin de nausée, d'un fou rire à une crise de larmes et que, pour ça, Antoine ne serait pas là. Ni Freddie. Ni notre père. Ni personne. Il n'y avait plus qu'elle et moi.

En fait, je m'étais mise à détester tout le monde parce qu'ils avaient le tort de ne pas être à ma place.

Comme je me retenais d'être trop désagréable, histoire de conserver quelques amis, je ne disais rien. Mais, un jour, ça a explosé. Comme par hasard, c'est tombé pile un vendredi où on avait EPS…

Ce jour-là, M. Parfenon a frappé à la porte du vestiaire des filles, parce qu'il trouvait qu'on tardait à sortir. Lorie, Élodie et quelques autres ont poussé des hurlements surpris, comme s'il allait défoncer la porte et nous violer sauvagement. Et puis toutes sont parties d'un grand rire de hyènes, et aucune n'est sortie. Le coup classique, quoi.

– Attends, a grogné Mélissa, il croit qu'on va courir par ce temps ?

C'était le redoux : la neige avait fondu, il ne restait plus sur le stade du gymnase que des tas boueux, un mélange de sel et de sable probablement mortel pour les pantalons de jogging en coton blanc.

– On ne va pas rester dans le vestiaire, quand même... a fait une petite voix timide.

– Vas-y, si tu veux ! Moi, je reste au chaud, a indiqué Lorie, croisant les bras sur sa forte poitrine.

– Bah, allez, c'est n'importe quoi. On sort ! ai-je lancé. On n'est pas en sucre, après tout. La pluie va pas nous faire fondre !

C'est vrai, quoi. Y'a des limites à la paresse.

Les filles m'ont regardée comme si j'étais devenue folle. Ça m'a un peu plus énervée.

– Vous êtes des grosses nulles.

Voilà ce que je leur ai dit avant de sortir des vestiaires. Je revois encore leurs visages consternés, un peu peinés, comme sous le choc. Mes potesses et moi, c'est à la vie à la mort. Jamais une brouille, jamais une insulte. Je venais de trahir la Cause.

J'ai rejoint le reste de la classe qui trottinait sur place, dans le gymnase, pour s'échauffer à la course. Me voyant sortir seule, M. Parfenon a hurlé « Dernier avertissement ! » à l'intention des filles qui s'étaient retranchées dans les vestiaires. Elles ont fini par émerger piteusement et rejoindre le groupe, à la satisfaction du prof, qui nous montrait l'exemple en hurlant : « Talons, fesses ! Talons, fesses ! » Les copines me jetaient de temps en temps des regards méfiants, comme si je préparais un mauvais coup. J'avais l'impression d'avoir insulté la mafia japonaise.

Puis, quand le prof a jugé qu'on avait suffisamment transpiré, toute la classe est sortie sous la pluie de février, qui tombait grasse et grise comme des pleurs. On a fait une première fois le tour du gymnase en courant toujours talons/fesses, ou bien genoux/torse, ou bien bras en l'air. On aurait dit une troupe de danse contemporaine en pleine crise d'épilepsie. Ensuite, le prof a donné un coup de sifflet, et on est partis. Depuis le temps qu'on s'entraîne au cross, on commence à connaître le parcours. Je crois qu'on pourrait le faire les yeux fermés. D'ailleurs, ça m'arrive : quand je rêve que je cours, par exemple. (Techniquement, j'appellerais plutôt ça un cauchemar, d'ailleurs.)

Au fond de moi, je pestais contre ces frileuses qui me faisaient la tronche parce qu'elles auraient voulu continuer à se pelotonner sur les bancs comme des chatons, dans des vestiaires crasseux qui sentent le déo et la chaussette. Je pensais à ma mère, aux paroles de mon père : « Il faudra être *très, très forte.* » Du coup, quand le prof a donné le signal du départ, j'ai démarré comme une fusée. C'était la rage qui me faisait avancer.

On formait un gros peloton de tête, garçons et filles confondus. J'ai respiré comme nous l'apprend M. Parfenon, regardé loin devant moi, et déplié mes jambes comme des compas tout neufs. À tel point que ça m'a fait un peu mal à l'intérieur des cuisses au début, alors j'ai diminué mes foulées, mais j'ai continué à courir. J'imaginais derrière moi les regards d'Élodie et de Lorie, elles devaient être en train d'halluciner. D'ailleurs, je me demande si je n'hallucinais pas aussi.

Devant moi, je voyais le dos et les fesses des trois garçons les plus sportifs de la classe, dont Zlatan, évidemment. En principe, il fait la course en tête, et puis il se fait rattraper à la dernière minute par Julien, alias P'tit Ju, un petit mec tout maigre qui a le génie de se garder de la réserve pour la fin. Le prof dit que les très grands gabarits comme Zlatan, c'est pas fait pour le cross, de toute manière. Comme dit M. Parfenon : « On ne verra jamais un rugbyman courir un marathon. » Le hic, c'est que le rugby, c'est un sport collectif, et Zlatan n'est pas collectif. Du coup, le prof l'a branché sur le saut à la perche, le lancer de poids, la natation, des trucs comme ça. Et il s'éclate. D'après le prof, c'est ça, le grand secret du sport ! Il n'y a pas qu'un seul profil de sportif : il y en a plusieurs. À chacun de trouver son style. Le mien, jusque-là, c'était plutôt sieste sous la couette. Une discipline non olympique.

J'ai continué à courir en fixant mon regard sur le dos de Zlatan, large comme une planche de surf modèle XXL. Parfois, à force de sentir mon sang battre dans les veines de mon cou, je croyais que j'allais étouffer, mais je continuais. Quand j'ai fini mes trois tours réglementaires, je me suis arrêtée et les garçons ont continué. Je me suis retournée. J'étais la première des filles. C'est là que j'ai compris que j'avais devancé les jumelles !

J'ai fait quelques pas, en réalisant des moulinets avec mes bras, parce qu'il est mauvais de rester inactif, paraît-il. Il vaut mieux faire le moulin à vent, me demandez pas pourquoi. Certaines filles, arrivées après moi, se tenaient les côtes et crachaient par terre, en jurant que c'était du sang, qu'elles allaient mourir, qu'il fallait appeler les urgences. Moi aussi, comme les autres fois, j'avais mal à la gorge, aux jambes, et le cœur comme une essoreuse à deux mille tours minute. Mais je n'ai rien dit. Je venais de comprendre une chose importante sur la course : tant qu'à en baver, autant y aller à fond. Courir pour de bon, pour de vrai, sans se ménager, ça n'est pas vraiment pire que de trottiner avec les copines en trébuchant tous les trois mètres. Quelque part, c'est même plus facile.

Le prof est venu vers moi :

– Qu'est-ce qui vous est arrivé, Michaud ? (Il nous appelle par notre nom de famille, comme si on était tous footballeurs et que c'était marqué sur nos maillots.)

– Rien, monsieur.

– Mais vous n'avez jamais couru comme ça ! En fait, vous n'avez jamais couru du tout.

J'imagine que ça devait être un compliment.

– J'ai décidé que j'étais capable de le faire, c'est tout.

J'essayais de faire ma modeste, pour que le prof ne le voie pas, mais j'étais super fière de moi, en fait. J'avais bien cru crever, mais j'avais tenu bon.

Les garçons ont fini leur tour, et la classe s'est reformée. P'tit Ju était encore premier. Il est venu me féliciter.

– Bravo, t'as rien lâché ! Super course.

C'était la première fois qu'on me félicitait en sport, du coup, je ne savais pas ce qu'il fallait dire. J'ai préféré ne pas ouvrir la bouche, par prudence. Zlatan est passé à côté de nous. Il transpirait du visage, ça faisait un drôle d'effet, comme s'il avait pris une douche. Mais, à part ça, il n'avait pas l'air spécialement exténué. Il s'est arrêté devant moi et m'a toisée du haut de sa montagne de muscles, aussi doux et chaleureux qu'un immeuble soviétique de cinquante étages. Il a laissé ses yeux se balader sur moi, comme en visite de reconnaissance. J'étais toute prête à lui en retourner une, s'il s'avisait de faire la moindre allusion déplacée à mon « handicap » féminin, celui qu'il juge à son goût…

Mais il n'a rien dit de tel. Il m'a juste adressé un sourire, avant de me lancer :

– Punaise, t'as pas peur de te faire mal, toi !

Je me suis demandé ce que ça voulait dire. Et puis j'ai décidé de laisser tomber, parce que ça ne m'intéressait pas, les élucubrations du troll des Carpates.

Mais, dans l'après-midi, j'y ai repensé. Et plus j'y pensais, plus je me disais que c'était pas si débile que ça en avait l'air. Que c'était même très vrai.

Depuis la maladie de maman, je n'avais plus peur de me faire mal.

la tête à Toto

Ce même vendredi, à mon retour, j'ai raconté mes exploits à ma mère.

Assise dans son fauteuil préféré près de la cheminée, enroulée dans un châle en laine un peu pelucheux, elle avait l'air d'un vieux doudou lessivé. Elle m'a écoutée et même félicitée, puis, quand je me suis affalée devant l'ordinateur pour voir des photos de *Twilight 5*, elle s'est recroquevillée encore un peu plus sur le fauteuil et, deux minutes après : concert de ronflements. Charmant…

Vers 19 heures, je suis allée nous préparer à manger. Depuis sa maladie, ma mère s'est prise d'antipathie pour les végétaux, qui lui irritent le côlon. Que Dieu bénisse son côlon ! Adieu, les recettes de Chantal-la-Verdure, rebonjour les pâtes !

Alors que j'étais en train de répondre à un texto d'Élodie, ma mère a traversé la cuisine pour se précipiter aux toilettes. De plus en plus charmant… Je m'apprêtais à prendre seule mon repas, mais elle a refait une apparition en Casper le gentil fantôme peu de temps après.

Dîner en tête-à-tête avec une créature au teint verdâtre, aux yeux sans cils ni sourcils et qui passe son temps à se gratter le crâne, en proie à des démangeaisons incontrôlables, on peut rêver plus joyeux. En prime, la voilà qui me demande tout à coup :

– Je ne suis pas trop affreuse ?

– Si. T'as l'air d'un vampire.

Elle a fait une grimace penaude. Bon, j'aurais pu faire mieux, j'avoue. Mais, d'un autre côté, elle ne m'aurait pas cru si je lui avais dit qu'elle respirait la santé et la joie. J'ai bien pigé le concept du « pieux mensonge », mais, à mon avis, si on veut que ça marche, faut rester crédible.

– Mais tu aimes bien les vampires, non ? m'a-t-elle demandé avec un faible sourire.

– Ouais, c'est cool. Du coup, j'adore ton nouveau look.

Ça, c'était un pieux mensonge. En vrai, je préfère les loups-garous, mais ma mère ne le sait pas. L'idée de quelqu'un qui se transforme, la nuit, qui devient un animal sauvage... C'est flippant et en même temps, c'est beau. Enfin, moi je trouve. Les vampires, à côté, c'est vraiment pas intéressant. Sucer le sang des autres, la belle affaire ! Franchement, c'est navrant. Sérieux, si j'étais un vampire, je serais trop déprimée. Tu m'étonnes qu'ils ont tous l'air de faire la gueule, de Dracula à Edward Cullen, en passant par Lestat, ils sont pas joyeux, les vampires : condamnés à l'immortalité en suçant le sang des braves gens, sans voir la lumière du jour, tu parles d'une existence ! Tu ne peux pas changer ça, tu ne peux pas te suicider, et si t'aimes quelqu'un, t'es sûr de lui survivre ! Génial. Le loup-garou, lui, au moins, il est mortel. Il a deux fois plus de chances de se faire tuer, comme homme et comme loup. Il vit deux vies en l'espace d'une, une vie sauvage et une vie sage. Mais il lutte pour que la vie sauvage n'empiète pas complètement sur l'autre, pour ne pas faire de mal à ceux qu'il aime, pour rester un homme et ne pas mourir. C'est pour ça que moi, dans *Twilight*, je suis du côté de Jacob et pas d'Edward. Enfin, bref.

Vous pensez que je suis hors sujet, là ? Peut-être pas. Les loups-garous, au fond, sont des humains comme les autres, mais qui sont obligés de lutter contre une maladie qui les ronge. D'ailleurs, *garou*, ça veut dire « homme ». Eh ouais, ça vous épate, hein ? Nous sommes tous des *garous*.

Un peu plus tard dans la même soirée, j'étais devant l'ordi et j'essayais de comprendre quelque chose à un épisode de *Teen Wolf* en VO non sous-titrée sur YouTube, lorsque j'ai perçu un gargouillis étrange venant de la salle de bains. Comme je commence à être habituée, je n'ai pas trop fait gaffe. Mais, au bout d'un moment, ne voyant pas revenir ma mère, j'ai commencé à m'inquiéter. Je suis allée voir ce qu'elle fabriquait. Des fois que le côté loup l'ait emporté sur le côté garou ? On ne sait jamais.

Là, je l'ai trouvée assise sur le rebord de la baignoire, en peignoir de bain, une serviette enroulée autour de la tête, et la tête entre les mains. Elle pleurait comme un bébé, à grands sanglots. Visiblement, elle avait pris une douche. Bon, j'avoue que moi non plus, quand j'étais petite, j'aimais pas trop me laver. Mais pas au point de sangloter, quand même…

Depuis des mois, tout le monde me le disait : « Tu sais, ta mère, elle va passer une période très délicate… très difficile… elle va être très fatiguée… » Je les croyais, évidemment. Comment ne pas les croire ? Mais tant que ma mère avait joué au vaillant petit soldat j'étais restée zen. Après tout, elle tenait le coup. Elle se battait ! C'était la première fois que je la voyais craquer, vraiment craquer. Depuis deux mois, elle déclinait doucement, dans son coin. Dans la soirée, elle avait commencé à se transformer en loque humaine, et voilà que maintenant elle pleurait à gros bouillons. Pourquoi, au fait ?

– Qu'est-ce qui se passe, maman ?

Elle a fait un geste pour montrer quelque chose par terre. Je ne voyais rien de spécial. Ses chaussons roses traînaient sur le tapis. Un drap de bain gisait, mouillé, à côté d'un peigne et d'un flacon de gel douche vide.

– Mes cheveux ! Ça y est, tout est tombé ! Regarde !

Elle a soudain arraché sa serviette enturbannée et je l'ai vu. Son crâne.

Parfaitement lisse, comme un macaron. La boule à zéro, la tête à Toto. Cette fois, la métamorphose était complète. C'était comme si son système pileux, qui s'était battu vaillamment pendant deux mois, avec le renfort de crèmes et de shampoings spéciaux, avait soudain rendu les armes.

J'ai ramassé les trucs abandonnés par terre, la serviette, le peigne, et, en me baissant, sur l'étagère sous le lavabo, j'ai vu le petit panier en osier où l'on range les ciseaux, la crème dépilatoire, les rasoirs jetables et tous ces trucs qui servent aux primates poilues que nous sommes. Une idée m'a traversée comme une comète. En emportant tout sur son passage.

Alors que j'étais agenouillée devant elle, j'ai dit à ma mère :

– Après tout, c'est que des poils.

Elle m'a regardée comme si j'étais folle, et puis elle s'est remise à pleurer. Mais plus elle pleurait, plus je me sentais en colère, parce que j'étais sûre d'avoir raison. Je me suis mise à crier :

– On s'en fout, des cheveux ! On s'en fout ! Regarde !

Et là, je ne sais pas encore aujourd'hui ce qui m'a pris : j'ai empoigné la corbeille en osier et renversé son contenu sur le tapis de bain. Soudain, juste parce qu'ils étaient devant moi et que ça me semblait évident et nécessaire à cet instant, j'ai saisi la paire de ciseaux. J'ai glissé mes doigts dedans et commencé à tailler dans mes cheveux. Ils sont déjà plutôt courts, alors j'étais obligée de m'en prendre aux mèches au-dessus des oreilles et à la frange.

Ma mère a ouvert de grands yeux horrifiés. Aussitôt, elle s'est arrêtée de pleurer. Elle s'est élancée vers moi, les mains en avant, pour m'arrêter.

– Tania ! Tania ! Mais tu es folle ! Tes cheveux, tes cheveux !

Plus elle s'affolait, plus ça me chatouillait dans la tête et dans le ventre, comme une transe. Abandonnant les ciseaux, j'ai jeté mon dévolu sur la crème dépilatoire.

D'habitude, on s'en met sur les jambes. Mais j'avais toujours eu envie d'essayer d'en mettre ailleurs, par curiosité… Je m'en suis étalé une couche sur les sourcils, sous les hurlements horrifiés de ma mère, qui pensait que j'avais totalement perdu la raison. Alors que pas du tout ! Je n'avais même jamais été aussi sûre de moi. Ce que je faisais, c'était un truc de ouf, on est d'accord : mais c'était *juste*.

Très lucide, je lui ai lancé :

– Maman, écoute-moi ! Les poils, ça repousse ! ÇA REPOUSSE !

Et là, le miracle s'est produit.

Ma mère a subitement cessé de larmoyo-brailler, comme si on avait désactivé cette option dans sa tête. Elle m'a regardée, croyant peut-être que j'avais eu une révélation mystique et que je détenais la vérité suprême. Mais elle n'a rien dit. Elle a juste avancé trois doigts vers mon visage, pour ôter de mon front un paquet de crème dépilatoire qui menaçait de me tomber dans les yeux.

Je ne l'ai pas senti, mais c'est à cet instant précis que mes sourcils ont disparu. Et que je suis devenue une alien, moi aussi.

Et puis maman m'a serrée dans ses bras, super fort, comme si elle était tombée dans l'océan Pacifique et que j'étais la seule bouée de sauvetage disponible à des milles marins à la ronde.

(Je trouve que je m'en sors super bien avec cette métaphore filée maritime, je sais pas ce que vous en pensez.)

pirates des cabines

Le lendemain de notre opération « Mort aux poils », nous étions un samedi.

Dès mon réveil, je me suis sentie bizarre. J'avais bien le souvenir d'un truc qui s'était passé la veille, un truc désagréable et un peu gênant que je n'étais pas pressée de me rappeler. Mais, en me traînant à la salle de bains, j'ai croisé mon reflet dans le miroir, et là, la mémoire m'est revenue. Aussitôt, j'ai été prise d'une sorte de nausée, j'ai dû m'asseoir sur le bord de la baignoire. Exactement comme ma mère hier soir, ai-je eu le temps de penser, avant de me cacher la tête dans les mains.

Je ne m'étais pas reconnue dans le miroir.

Je ne sais pas si ça vous est déjà arrivé, à vous, mais je peux vous dire que ça fout la trouille ! Surtout quand vous découvrez qu'à l'état naturel vous ressemblez à Gollum du *Seigneur des anneaux*. J'avais toujours des cheveux, mais très courts, avec des trous par endroits, et plus de sourcils du tout. C'était ça, le pire, les sourcils. Si vous voulez changer de tête, cachez vos sourcils et vous verrez : tout devient possible. Même le pire.

Je me suis sentie terrifiée à l'idée de ce que j'avais fait. Bien consciente, en prime, que c'était trop tard pour y changer quelque chose. Ma seule consolation : c'était les vacances de février, je n'avais pas à aller au collège et à faire face aux regards et aux questions. Affronter le collège comme ça, en rescapée de *Massacre à la tondeuse*, ç'aurait été un poil audacieux.

Au petit déjeuner, ma mère, qui était pourtant bien plus chauve que moi, a reculé d'horreur en me voyant.

– Oh ! Tania ! Si tu te voyais !

– C'est fait. Je me suis vue. Sinon, y reste des Chocapic ?

Ma mère avait déjà passé la soirée à me faire un sermon, elle n'allait pas remettre ça ! Ce qui était fait était fait. Il ne restait plus qu'à assumer. C'était un peu le sens général de mon acte, d'ailleurs. T'as plus de cheveux ? T'es maigre, t'es moche, tu fais peur aux enfants dans les rues ? Assume. Lève la tête. Pas de quoi avoir honte. C'est pas non plus comme si t'avais fait exprès d'avoir le cancer ! T'y es pour rien ! Et puis la beauté, c'est comme la santé. Ça va, ça vient.

Seulement, si ma mère persistait à me regarder comme si j'avais fait la plus grosse bêtise de l'univers, j'allais me mettre à pleurer, c'est sûr… On a beau avoir des convictions, ça peut arriver de flancher. (Même Che Guevara, je parie qu'il avait ses mauvais moments.) Mais, heureusement, l'air apitoyé de ma mère s'est changé en une sorte de grimace, puis en sourire. Enfin, n'y tenant plus, elle a éclaté de rire. Comme ça, paf !

J'ai fait semblant de me vexer, mais au fond, ça me faisait plaisir de la voir rire aux éclats. Quand elle a repris son calme, elle m'a proposé d'aller chez le coiffeur, pour arranger ce qui me restait sur le crâne.

– Et si on allait en ville ? a-t-elle proposé. Tu irais te faire rectifier le portrait chez un bon coiffeur et moi, je pourrais en profiter pour essayer… des perruques.

– Des perruques ? Ça y est, tu vas t'y mettre ?

– Bien sûr. Je ne sais pas pourquoi j'ai attendu aussi longtemps, c'était bête. Je pensais en commander sur Internet, mais c'est une mauvaise idée, paraît-il. Il y a des associations d'anciennes malades qui donnent les leurs, mais ça ne me dit rien. En fait, j'ai envie de me faire plaisir. Faire chauffer un peu la Carte Bleue, quoi.

– Yahouuu ! Génial !

En deux secondes, j'avais quitté la table du petit déjeuner et volé jusqu'à ma chambre. J'ai sauté dans mes fringues. Une sortie en ville, quand on végète dans un patelin de cinq cents âmes, ça ne se refuse pas ! Mais, au moment où elle ouvrait la porte, un vent glacial s'est engouffré dans l'entrée et ma mère a reculé.

– Attends… Je ne peux pas sortir comme ça. Et toi non plus, ma louloute.

– Tu veux dire… à cause du regard des autres ? Mais on s'en tape ! On assume, c'est…

– Je parle du vent, ma grande. On va geler, si on sort comme ça.

Certes. La neige était de nouveau tombée pendant la nuit, mais les routes étaient dégagées. Un beau soleil régnait, mais le vent soufflait. Ma mère a farfouillé dans la commode de l'entrée et essayé un bonnet. Un truc bleu marine genre béret tricoté que je ne lui avais jamais vu avant. Elle avait dû l'acheter récemment.

– C'est celui-là que je pensais mettre, quand... Lorsque *ça* arriverait.

J'ai eu un pincement au cœur. Sans me le dire, depuis de longues semaines, elle savait ce que l'avenir capillaire lui réservait et elle avait réfléchi à une stratégie... Sauf que c'était clairement pas la bonne.

– *Mum*, il est monstrueux, ce bonnet bleu marine. T'as l'air d'un marin breton qui revient de la pêche à la sardine ! Faut envisager autre chose.

Elle m'a regardée, avec sa tête d'E.T. Ça se voyait qu'elle avait zéro plan B.

– Attends, je reviens.

J'ai couru dans les escaliers pour me ruer sur mon armoire, dont les portes cachent des secrets à faire pâlir de jalousie les greniers des grands-mères. Au milieu du chaos général, j'ai repéré ma boîte à foulards. J'ai puisé dedans des deux mains et je suis redescendue, les bras chargés de bouts de tissus. Depuis des années, je les collectionne : bandanas, chèches, keffiehs, écharpes indiennes à sequins, et même des... foulards à têtes de mort. Un motif furieusement *fashion* il y a quelques années, mais qui m'a semblé tout à coup d'un goût assez douteux. Je l'ai compris au moment où ma mère a mis la main dessus.

– Qu'est-ce que c'est que ça ? m'a-t-elle demandé en déroulant une infâme bande de tissu noir imprimé de crânes blancs.

– Euh… Je sais pas. Ça devait être la mode, en CM2. L'époque *Pirates des Caraïbes*, tout ça. Quand j'étais fan de Johnny Depp.

Soudain, sa moue dubitative s'est transformée en sourire, et elle a entrepris de nouer le foulard autour de sa tête. Quand on fait ça pour la première fois, ça n'est pas évident. Elle a réussi à s'aveugler totalement, comme si on allait jouer à colin-maillard. Je suis passée derrière elle pour lui nouer correctement le tissu, et l'ajuster sur son front. En revenant face à elle, j'ai eu un choc.

– Maman ! Comment t'es trop rock ! Tu déchires !

Elle m'a regardée, perplexe. Puis elle est allée se voir dans la glace de l'entrée. Elle n'en revenait pas non plus !

– Mais, dis-donc… Maintenant que j'y pense… J'ai une vieille veste en cuir noir qui irait bien avec…

Elle a disparu à son tour à l'étage pendant que j'essayais divers accessoires qui avaient tous pour effet de me transformer en gitane. Il ne me manquait plus que de grosses boucles d'oreilles créoles, une jupe longue et une chèvre, et je serais le sosie d'Esmeralda dans *Le Bossu de Notre-Dame*, version Disney. Pendant que je m'arrangeais un peu, ma mère est redescendue vêtue d'un jean, de bottes, d'un pull à col roulé rouge pétant et d'un Perfecto clouté.

Je suis restée sans voix.

– Qu'est-ce que t'en penses ? C'est pas un peu *too much* ?

– *Too much* ? Mais à fond ! C'est carrément rebelle ! Et d'où ça sort, ce Perfecto ? T'as été motarde dans une autre vie, ou quoi ?

– Bah, c'est ton père qui me l'avait offert… Il y a si longtemps… Comme j'avais un peu grossi, je ne le mettais plus. Et puis, je me disais que pour aller chercher les loulous à l'école au village ou soigner les petits vieux, c'était pas la tenue idéale.

Elle s'est regardée dans le miroir une nouvelle fois. Je l'ai vue esquisser un clin d'œil.

– Mais peut-être que pour se battre contre un sale crabe qui vous bouffe les organes, c'est la tenue parfaite, a-t-elle ajouté avec un sourire mystérieux.

– Ouais, t'as raison. Crabe et pirates, c'est cohérent. En plus, les pirates, ils avaient des noms dans le genre S'en-Fout-la-Mort ou No-Fear-No-Die.

– J'aime bien. Eh bien, pour moi, ce sera Crève-le-Crabe !

– Whaou ! C'est déjà plus *swag* que Bob l'Éponge.

C'est ainsi, vêtues comme deux aventurières de série Z, que nous avons débarqué dans les rues de… Clermont-Ferrand. (J'aimerais bien vous faire rêver avec des noms style Valparaiso, mais je sens que vous n'allez pas me croire.) En arpentant les rues piétonnes du centre-ville, à la recherche du coiffeur de nos rêves, nous avons eu notre petit succès.

C'est inouï, l'audace que ça représente, de nos jours, de ne pas avoir de cheveux. Les gens se retournent sur vous, dans la rue, comme si vous étiez tout nu ! Le foulard plaqué sur un crâne chauve ne trompe pas, c'est comme si les gens avaient un décodeur qui dit : « Cette personne est malade. » La plupart ont un petit sourire gentil, parce que, de nos jours, les cancers sont de plus en plus nombreux et que tout le monde connaît quelqu'un qui en a un. Mais, hormis les cancéreux, rares sont les gens qui font le choix, comme moi, de se priver de cheveux et de sourcils. Je me sentais rebelle à mort, surtout avec ma mère pirate à côté de moi…

Enfin, nous avons fini par trouver la boutique tant désirée : celle d'un coiffeur-perruquier. Si vous m'aviez interrogée là-dessus la veille, je vous aurais ri au nez : pour moi, c'était le genre de métier qui avait dû disparaître avec le dernier coup de guillotine donné à Louis XVI. Je me trompais. Pour les raisons précédemment citées, de plus en plus de gens ont de moins en moins de cheveux (je sais pas si vous suivez, là). C'est comme qui dirait un service social, la perruque.

Mais aussi, c'est une chance. Une chance unique de changer de tête !

Dans la boutique, pendant que je faisais transformer ma coupe *Prison Break* en quelque chose de plus sexy, ma mère s'amusait comme une petite folle avec des perruques hallucinantes : il y en avait de toutes les couleurs, de toutes les coupes, des vieillottes, des modernes, certaines en cheveux synthétiques, assez basiques et portant la mention « Remboursé par la Sécurité sociale », d'autres en vrais cheveux, lavables et naturels, qui coûtaient un bras.

– Des vrais cheveux ? Euh… Ça veut dire qu'on les a coupés à quelqu'un ? ai-je demandé avec un certain dégoût. (J'avais même l'air de me retenir de vomir, comme mon reflet dans le miroir du coiffeur en témoignait.)

– C'est un commerce florissant, en Inde, a précisé la coiffeuse. On les décolore et on en fait ce qu'on veut.

Je restais perplexe, essayant de m'imaginer la situation d'une Indienne obligée de se raser les cheveux pour rapporter de quoi manger à la maison. Ça m'a rappelé un extrait des *Misérables*, lu en classe l'année dernière, quand Fantine vend ses cheveux et ses dents pour élever sa fille Cosette. Comme quoi, *Les Misérables*, c'est pas du passé… J'ai été interrompue dans mes considérations philosophiques par ma mère, qui tenait à me montrer une perruque de cheveux blancs qui la faisait ressembler à Lady Gaga, puis un carré noir aux reflets bleus de femme fatale qui m'a fait éclater de rire.

– On dirait Cruella !

Visiblement habituée, l'employée très gentille lui tenait les modèles avec une patience d'ange. Elle l'a même félicitée d'avoir attendu « la chute totale », parce que sinon, il aurait fallu lui raser les cheveux pour que la perruque tienne bien. « Là, c'est parfait ! » C'était bien la première coiffeuse à se réjouir d'avoir une cliente chauve. Enfin, elle lui a proposé une perruque blonde, super jolie.

– Ça, ce sont de vrais cheveux, a précisé la coiffeuse. Si vous voulez, je vous fais la coupe de votre choix, directement sur vous. Personne ne devinera jamais que c'est une perruque, c'est garanti.

Le regard de ma mère a croisé le mien. J'ai vu qu'elle hésitait. Et qu'elle était terriblement séduite. Une coupe de cheveux tendance, toujours impeccable, insoupçonnable… C'était tentant, c'est sûr. Surtout comparé aux modèles qu'on avait vus sur Internet : des sortes de scalps en peluche à la coupe démodée. Elle s'est penchée vers moi et m'a chuchoté :

– Ça coûte la peau des fesses, ce truc.

– Bah, c'est remboursé, non ?

– Pas à ce prix-là. Il reste trois cents euros à payer de ma poche !

– On s'en fout. T'as qu'une vie, faut profiter !

C'est le genre de paroles pleines de sagesse que j'aurais volontiers dites à une copine, mais qui m'ont semblé tout à coup très maladroites. J'avais envie de rattraper mes mots et de me les renfoncer au fond de la gorge, mais c'était impossible. J'ai regardé ma mère pour voir si ce que je venais de dire la faisait autant flipper que moi. Mais, à ma grande surprise, elle m'a adressé un grand sourire rayonnant.

– Allez, c'est parti ! Faites-moi la coupe de mes rêves ! a-t-elle clamé à la coiffeuse, ravie.

Quelques dizaines de minutes plus tard, elle était encore en train de s'admirer dans le miroir, émerveillée devant sa coupe qui la faisait paraître dix ans de moins. L'experte en cheveux importés lui expliquait comment fixer sa perruque, comment en prendre soin et comment se dessiner des sourcils au crayon. Tandis que ma coiffeuse me transformait en clone de Diam's à l'aide d'une tondeuse qui me chatouillait la nuque, un visagiste est arrivé pour nous donner des conseils maquillage de pro. On se serait cru dans une émission de relooking avec Cristina Córdula. Il m'a même maquillé les yeux et redessiné les sourcils au crayon, et, si vous voulez que je vous dise la vérité brute, je me suis trouvée hyper canon.

Nous avons fini par sortir de la boutique, excitées comme deux puces sous caféine.

Ma mère m'a serré le bras.

– Ma fille, je t'annonce que les prochaines semaines, ça sera raviolis à tous les repas. Entre ta coupe de cheveux raffinée, ma moumoute de luxe et tout le maquillage que je viens d'acheter, on est ruinées.

– Pas grave. L'argent, ça va, ça vient. C'est comme les cheveux.

Elle a souri, tout en profitant d'un reflet sur la façade d'une banque pour réajuster une mèche blonde qui formait un accroche-cœur le long de sa joue. De l'autre côté de la vitrine, un employé assis à son guichet, qu'elle n'avait pas vu avant de s'approcher, lui a adressé un grand sourire et un petit geste de la main.

Alors qu'elle rougissait comme une gamine, j'ai poursuivi :

– Et puis, les raviolis, c'est bon pour les sportifs.

Elle m'a souri, a levé une main pour caresser mon crâne tout doux.

– Parce que tu es sportive, maintenant, ma louloute ?

– À fond. Je suis une killeuse, une battante. Telle que tu me vois, je m'apprête à gagner le cross régional !

le sein flottant

Bon. Évidemment, c'était pas du tout cuit, cette histoire.

Arriver première de mon établissement au cross académique : c'est le genre de décision plus facile à prendre qu'à mettre en pratique, mais j'imagine que c'est le cas pour tout, dans la vie. Dès qu'on décide de faire un truc, y'a quand même une forte présomption pour qu'on n'y arrive pas.

Pour réussir mon pari, il fallait déjà que je m'inscrive dans l'équipe des minimes. Le prof n'était pas allé jusqu'à nous l'imposer à toutes, il se laissait une marge d'échec. Prévoyant, le mec. Par exemple, en ce qui concernait Lucie Bélanger et Laëtitia Taponi, les deux filles les plus grosses de la classe et pas spécialement motivées par le sport, je crois qu'il ne se faisait pas d'illusions. J'imagine qu'il ne devait pas non plus compter sur moi : à moi de lui prouver qu'il avait tort ! En soi, c'était déjà une raison assez motivante. J'aime bien contrarier les gens, être là où on ne m'attend pas : l'imprévisible Tania, quoi ! (Non, je déconne.)

Pour l'inscription dans l'équipe, il faudrait patienter jusqu'à la fin des vacances de février. En attendant, il y avait déjà un truc que je pouvais faire : m'entraîner.

J'ai donc commencé à courir, non pas dans la forêt derrière chez nous (vous savez, le champ de tir militaire qui récemment brillait des mille-feux-de-l'automne), mais dans les rues du village. Avec un bon bonnet, pour protéger mon crâne de petit oiseau. J'avais super mal à la gorge la plupart du temps et j'étais convaincue que tout ce que j'avais à y gagner serait une bonne pneumonie. Mais il faut croire qu'il y a des maladies qu'on ne chope pas si facilement quand on a quinze ans.

C'était assez marrant de courir seule, sans les copines de classe, sans la pression infernale de M. Parfenon (« Michaud, faites pas semblant d'avoir mal au ventre, ça ne prend pas ! ») et sans le regard des garçons, toujours un peu gênant. (Qu'est-ce qu'ils regardent, au juste ? Si on court bien, si on a les seins qui ballotent, si on a les mollets épilés, si on arrive à conserver une coupe de cheveux impeccable et un style irréprochable avec la morve au nez et les joues flasques et bouillantes comme un rôti de veau ?) Bref, courir sans jugement, comme ça, juste pour soi. Alors que je m'autorisais à m'arrêter plus souvent qu'au collège, j'ai constaté qu'au fur et à mesure je m'arrêtais moins, justement. À force de compter les foulées, les mètres parcourus, les minutes tenues, mon cerveau se mettait en mode *computer*, et je n'avais plus à penser à autre chose – ce qui peut être très agréable. J'ai enfin découvert ce que signifie l'expression « courir à son rythme », ce qui ne veut pas dire trottiner mollement en espérant pouvoir s'arrêter dès que personne ne vous regarde, mais courir en écoutant son souffle, son corps, en sentant ses veines battre ni trop fort ni pas assez. Pour une fois, je n'avais personne à suivre, ni même à regarder. Sauf le chien du voisin qu'il fallait surveiller du coin de l'œil quand il sautait de l'autre côté du grillage en me voyant passer…

Ma mère, profitant de cette petite rémission qui intervenait toujours la troisième semaine après l'injection, s'était transformée en coach sportif. Elle me chronométrait quand je partais. Elle notait mon temps sur un carnet. Elle me prenait parfois en photo quand j'étais sur le départ, ce qui m'horripilait, mais ça valait mieux que de me prendre à l'arrivée, quand j'avais l'air d'un jambon cuit à l'étouffée. Et un jour elle a eu une idée folle, la première d'une longue série. À croire que perdre ses cheveux, ça l'avait rendue très créative.

– Dis donc, si on allait à la piscine, toutes les deux ? Ça serait bien pour travailler ton endurance.

Le truc que j'ai oublié de vous dire, c'est que ma mère a été championne de natation, dans sa jeunesse. Niveau départemental, au moins. La Laure Manaudou du Cantal, genre. Évidemment, ça, c'était avant. Avant qu'elle rencontre « Chéri », avant qu'elle ponde deux « loulous », et avant que son rêve bleu ne s'écroule lamentablement… J'ai dit oui pour lui faire plaisir, et c'est ainsi qu'on s'est retrouvées, elle et moi, à la fin des vacances de février, à la piscine olympique d'Issoire. Ô joie ! À nous les vestiaires réfrigérés, les douches glacées, les baies vitrées donnant sur la campagne enneigée ! (Piscine municipale : autre nom pour « Sibérie ».)

Ma mère stressait un peu, quand même, à cause de sa boule à zéro. Elle hésitait à mettre un bonnet de bain, et puis, finalement, elle y a renoncé, parce qu'elle ne supportait pas le contact du latex sur son cuir chevelu tout nu.

– De toute façon, Mominette, t'es parfaitement adaptée à l'élément aquatique : pas de cheveux qui gênent, pas de sourcils qui frottent contre les lunettes, aucun poil superflu, l'épilation parfaite. Le look « nageuse » dans toute sa pureté, quoi.

– Bon, avec un sein en moins, quand même… Ça manque d'aérodynamisme, tout ça.

Elle avait mis une sorte de boule en mousse dans son maillot, pour que ça ne se voie pas. En tenue de ville, elle portait d'habitude un soutien-gorge avec prothèse intégrée, assez bluffant. Mais la pochette de mousse sous le maillot de bain, ça lui faisait un sein plus rond et légèrement plus petit que l'autre. À condition de ne pas y regarder de près, ça pouvait passer.

– De toute façon, a-t-elle fait, retrouvant sa belle confiance, les gens ne vont pas à la piscine pour regarder les seins.

– Heu… Ça dépend, ai-je riposté. Je connais des obsédés dans ma classe qui n'acceptent de se traîner à la piscine que pour voir du nichon.

– Bah, à quinze ans, peut-être ? Mais moi j'ai passé l'âge de me faire reluquer !

– Si j'étais toi, j'en serais pas si sûre.

On était en train de sortir des douches, et là, pile au moment où je disais ça, qui vois-je débouler des vestiaires des hommes ?

Je vous le donne en mille. Zlatan, l'ogre des steppes.

Il est passé devant nous sans nous voir : à une seconde près, c'était le télescopage ! On avait frôlé la catastrophe absolue. Rencontrer à la piscine le gorille de la classe, toujours prêt à dégainer une blague vaseuse ou une allusion déplacée, juste au moment où je me sentais le plus vulnérable, avec ma tête de Gollum et ma mère tout en sucre à mes côtés ! J'ai enfoncé mon bonnet de bain jusqu'à ce qu'il me couvre quasiment toute la tête, ce qui devait me donner l'air d'un poulpe s'apprêtant à cambrioler une banque. On s'est approchées du bassin. Je le surveillais du coin de l'œil : il se dirigeait vers la ligne de nage du grand plongeoir, de l'autre côté. Heureusement, ma mère n'a pas fait mine de le suivre. Elle s'est assise du côté « petit bain » et s'est mouillé la nuque comme une nageuse bien élevée. Je me suis assise à côté d'elle.

– Elle est bonne ? ai-je fait, histoire de m'intéresser.

– Très bonne ! Allez, on se lance ! a-t-elle répliqué avant de se laisser glisser vers les profondeurs.

J'ai tendu une main pour toucher l'eau. Comme c'était prévisible, elle était glacée. Incapable de la suivre, je suis restée assise sur le bord, les pieds dans l'eau, les bras enroulés trois fois autour de mon ventre, en priant (entre deux castagnettes dentaires) pour que Zlatan ne me voie pas.

D'abord, qu'est-ce qu'il venait faire à la piscine, lui ?

Il n'avait rien de mieux à faire pendant les vacances ? Je ne sais pas, moi : construire un igloo ? Tuer des ours à mains nues, conduire un tank, envahir la Pologne ? Du coin de l'œil, je le surveillais pour être sûre qu'il restait à bonne distance de moi. Je me demande d'ailleurs s'il y voyait quelque chose à travers ses lunettes de natation, parce qu'il ne m'a pas repérée tout le temps que je suis restée au bord de l'eau.

Il a longé le bassin en faisant des moulinets avec les bras et, revenu aux plongeoirs numérotés, il s'est mis à remuer la tête, plier la nuque, comme s'il jouait à un jeu consistant à faire entrer une bille dans une cavité située dans son cerveau. Je pouffais discrètement, tout en me faisant la réflexion que c'est le seul mec de ma classe qui ressemble à quelque chose, en slip de bain… Les autres ont plutôt l'air de poireaux avec un petit truc en Lycra autour ! Au mieux, des courgettes. Certes, Zlatan a de gros bras et une petite tête carrée plantée au-dessus, mais le reste de son corps est quand même bien proportionné. La nature ne peut pas se tromper tout le temps, non plus. Parfois, elle réalise son erreur et elle s'arrête à temps…

Et c'est là, alors que j'étais en plein débat interne au sujet des mecs en maillot de bain, que Le Truc Le Plus Marrant du Monde est arrivé.

Figurez-vous que ma mère est montée sur un plongeoir. Bon, jusque-là, rien d'hilarant. Elle a rajusté son maillot de bain, qui flottait un peu depuis son amaigrissement spectaculaire, et a tendu ses bras en avant en fléchissant les genoux. Belle position, aérodynamique et tout. Mais, alors qu'elle levait le bras, voilà que son faux sein se décroche, glisse hors du maillot, s'éjecte comme une fusée et… wizzz ! Le temps qu'elle réalise ce qui était en train de se passer, il flottait comme une petite bouée, amicalement, à la rencontre des nageurs.

Ma mère était médusée.

Ses yeux faisaient des allers-retours entre sa poitrine et le petit coussin rose qui flottait joyeusement… Et là, elle m'a regardée.

On a éclaté de rire en même temps. Un rire d'hystériques, qui a fait se retourner tout le monde. On a vu arriver un des maîtres nageurs : il s'approchait de ma mère, peut-être pour lui demander de rire moins fort ? Aussitôt, ni une ni deux, elle a plongé. J'ai fait comme elle (enfin, disons que je me suis laissée glisser le long du bord, option crêpe qui s'écroule) et on a mis le cap sur le sein flottant. Seulement, impossible de le retrouver ! Il avait disparu. On n'en pouvait plus de rire, l'une et l'autre. Et, de rire en nageant, je ne sais pas si vous avez déjà essayé, mais c'est super dur ! J'ai bu la tasse plusieurs fois.

Alors que j'étais à deux doigts de me noyer, devinez qui je percute en plein crawl ? Zlatan, évidemment. Je me suis retrouvée empoignée d'une main ferme et accrochée comme une chaussette à la ligne de nage. Tandis que je reprenais mon souffle, ma mère crawlait vers moi à toute vitesse, et on s'est retrouvés tous les trois, au beau milieu du bassin olympique, arrimés aux bouées.

On n'avait plus qu'à appeler un serveur et commander trois cafés.

– Tania, ça va ? a-t-elle fait, mi-inquiète, mi-amusée.

J'ai senti que la main qui me retenait toujours commençait à me lâcher : Zlatan était en train de réaliser que c'était *moi* qu'il venait de percuter, moi, Tania, la meuf de sa classe avec des seins parfaits, quoi. Et que l'alien chauve munie de lunettes de plongée, c'était ma mère. *Rencontres du troisième type*, comme aurait dit Élodie.

– C'est toi, Tania ? a-t-il fait. Je t'avais pas reconnue. Avec le bonnet, tout ça…

Toujours accrochée à la ligne de nage, j'ai enlevé mes lunettes d'une main. J'ai cru percevoir un léger recul de sa part, peut-être involontaire. Après tout, c'était pas évident de faire la causette tout en barbotant.

– T'as… un truc qui a changé, a-t-il fini par lâcher.

– Tu crois ? Ah oui, c'est vrai, j'ai plus de sourcils. Et presque plus de cheveux, ai-je fait en soulevant mon bonnet de bain pour lui donner un aperçu du désastre.

J'étais très tentée d'ajouter : « J'ai pas le temps de discuter avec toi, on cherche le sein de ma mère. » Mais je n'ai rien eu le temps de dire, car cette dernière venait justement de nous quitter dans une splendide brasse coulée pour piquer vers le bord de la piscine. Là, elle s'est retournée vers moi, brandissant triomphalement une pochette couleur saumon…

– Yessss ! ai-je lancé. Elle l'a eu !

Zlatan me regardait comme si je venais d'être télétransportée de Jupiter. J'ai senti qu'il fallait abréger.

– Bon, faut que je te laisse. Je vais retrouver ma mère. À plus, au bahut ?

– Ouais, d'accord… Euh, attends. Tania ?

Je me suis retournée. Il commençait à fatiguer, à force de battre des pieds pour se maintenir immobile, la tête hors de l'eau. Et moi aussi.

– Quoi ?

– Euh... Rien. Je sais pas. Euh... T'es sûre que ça va ?

Un instant, je suis restée scotchée. Quelle question ! Et puis je me suis rappelée qu'il était tout simplement le premier de tous mes camarades à m'avoir vue avec le visage nu : sans sourcils, sans cheveux.

– Ça va super bien, lui ai-je répondu.

Il a hoché la tête. (Sûrement une petite bille en plastique restée coincée entre deux neurones ?)

– OK. C'est bien, alors.

– Euh... Oui, c'est bien. Allez, salut !

– Tania ?

J'ai failli m'exclamer : « Quoi, encore ? », mais je me suis retenue.

– C'est cool qu'on se soit vus.

Je suis allée rejoindre ma mère à la nage, sans répondre. Tout juste un petit sourire, en repartant.

Non mais, qu'est-ce qu'il me veut, Musclor ? me disais-je. Franchement, il voit pas que j'ai autre chose à faire ? J'ai une mère malade à sauver de la ruine, qu'est-ce qu'il croit ! On est des pirates, nous. On *crève le crabe*, et c'est un job à plein temps. La drague et les trucs du genre, c'est pour ceux qu'ont rien de mieux à faire !

Malgré tout, en rentrant de la piscine, et tandis que ma mère se tapait un fou rire en repensant au sein flottant, je ne pouvais pas m'empêcher de trouver ça cool, moi aussi, « qu'on se soit vus »... N'importe quoi.

J'ai tourné le bouton de l'autoradio pour noyer mes états d'âme chelous, et zappé de France Info à Skyrock en cinq secondes chrono. À la sortie de la ville, on a été bloquées à un feu rouge. Reconnaissant un vieux tube préhistorique, j'ai tourné le volume à fond.

C'est comme ça qu'on s'est retrouvées, ma mère et moi, nos quatre bras levés avec les index pointés vers l'avant, en train de hurler les paroles de Sexion d'Assaut : « *C'est ma direction / J'ai pété les plombs sans abandonner ni baisser les bras / Plus d'nouvelles, batterie faible, malédiction / Dorénavant je vais de l'avant, c'est ma direction* ».

Un type moustachu, au volant de sa voiture à notre gauche, nous regardait avec un intérêt tellement passionné qu'il en a oublié de démarrer quand le feu est passé au vert.

Super Picsou Géant

À la fin des vacances, c'était inévitable : il a fallu reprendre le chemin du collège. Retrouver les cours qui ne m'avaient pas du tout manqué ; retrouver aussi les copines, les copains, les profs. Bref : affronter le regard des autres… Comme ce n'était pas facile, j'ai opté pour le camouflage. Vous aurez remarqué sans doute qu'avec un masque, affronter les autres devient plus facile ? En appliquant le même principe, j'ai décidé de forcer un peu sur le maquillage. Moi qui ne me maquillais jamais, je suis partie au collège avec du fond de teint clair et du rouge à lèvres. Freddie était venue avec mon frère pendant les vacances, et je lui avais demandé de me faire les ongles façon pirate, en noir, avec des petites têtes de mort dessus. Mes cheveux avaient un peu repoussé (un demi-centimètre, peut-être, ce qui me paraissait déjà énorme), mais pas suffisamment pour que ma nouvelle coupe passe inaperçue. Du coup, j'ai opté pour le foulard noué sur la tête. Un peu audacieux, au début du mois de mars, mais bon. Faut ce qu'il faut.

J'avais à peine franchi la grille de l'établissement qu'Éric, le surveillant, m'a appelée :

– Dis-donc, Tania, c'est quoi cette blague ? Tu ne sais pas que le port du voile est interdit ?

Comme je restais muette, il a éclaté de rire.

– Je blague. Je vois bien que c'est pas un voile. N'empêche que ton déguisement de pirate, ça ne va pas passer, auprès du principal. Va falloir que t'enlèves le foulard. Et le maquillage aussi.

Pendant que j'estompais mon rouge à lèvres du revers de la main, j'ai grommelé :

– C'est débile. Si j'avais un bonnet, tu me dirais rien !

– Peut-être, mais tu portes un foulard à têtes de mort.

C'est vrai que j'avais repris le foulard prêté à ma mère, qui arborait désormais fièrement sa perruque de blonde fatale. Bon, allez, c'est pas grave, me suis-je dit. Il l'aura voulu. Je vais l'enlever, ce fichu « déguisement de pirate », mais ça ne changera rien à ce qu'il y a en dessous, c'est-à-dire…

– Whaaa mais hééé !

C'est la transcription fidèle de l'exclamation d'Éric, confronté à mes tifs tondus. Aussitôt, son visage a changé. Il est devenu sérieux. D'un ton confidentiel, il m'a demandé :

– Il t'est arrivé quelque chose ?

Je lui ai fait un grand sourire et j'ai décidé de tester sur lui les effets de mon regard tout neuf, avec ombre à paupières gris souris, sans ciller. Ça faisait « rebelle fière et indomptable », si vous voyez ce que je veux dire. Là-dessus, mes copines sont descendues de leur bus scolaire et m'ont rejointe à la grille, et du coup Éric a cessé d'espérer ma réponse. Mais je voyais bien à son air soucieux que l'affaire n'était pas encore classée.

À la récré de 10 heures, j'ai saisi la première occasion pour me précipiter sur M. Parfenon. Je l'ai saisi au moment précis où il allait entrer en salle des profs, leur repaire hautement sécurisé. Sur la porte figure une affichette, « Entrée strictement interdite aux élèves sous peine de sanctions », sur laquelle le prof de physique a collé un autocollant jaune et noir signalant un danger nucléaire, avec la mention : « Attention, matières radioactives ». Ils savent se marrer, dans mon collège.

– M. Parfenon ? Je voudrais vous parler.

Il s'est retourné. Il avait la main sur la poignée de la porte, mais celle-ci n'était pas encore ouverte. Techniquement, il n'était donc pas encore parvenu en territoire protégé. Il a poussé le grognement typique du prof qui vient de se faire coincer en « zone élèves ».

Pas de bol, le mec.

– Oui, qu'est-ce qu'il y a, euh… Michelet ?

– Non, moi, c'est Michaud Tania, troisième 1. C'est pour vous dire que je voudrais m'inscrire dans l'équipe des minimes, pour le cross.

Il a marqué un temps d'arrêt et sa main a lâché la poignée de la porte.

– Ah oui ? Mais c'est bien, ça ! Michaud troisième 1, c'est ça ? Je vais tout de suite vous inscrire !

Hypocritement, j'ai demandé si ce n'était pas trop tard pour participer au championnat. Comme si je ne savais pas la réponse :

– Vous avez laissé passer le cross du département, mais l'académique est en avril. Si on se classe, on participera au cross national en juin ! Qui sait ce que l'avenir nous réserve ?

Whaou, quel philosophe, me suis-je dit. N'empêche qu'il avait raison. *Qui sait ce que l'avenir nous réserve ?* Cinq mois plus tôt, j'étais loin de me douter que ma mère aurait un cancer et qu'un jour j'aurais envie de courir un cross national. Tout arrive, dans la vie. Si le pire peut arriver, c'est que le meilleur aussi. Y'a pas de raison. Après tout.

À midi, j'ai retrouvé toutes les copines à la cantine et je me suis fait complimenter pendant tout le repas par Élodie, qui a déclaré qu'elle aurait depuis longtemps coupé ses cheveux très courts comme moi si elle n'avait pas été affligée de la malédiction des grosses joues. J'étais bien d'accord : les grosses joues, ça ne va pas avec les cheveux courts. Ça donne l'air d'une pomme. Ensuite elles ont admiré mes ongles et les petites têtes de mort dessus, qui étaient en fait des stickers collés puis vernis. On discutait tellement que j'ai oublié d'aller me resservir en pain, dont je fais habituellement une consommation frénétique. Éric, qui surveillait la cantine, est passé près de nous et m'a fait remarquer que je n'avais presque pas touché à mon assiette.

– Tu parles ! Jardinière de légumes et quenelle de brochet ! Faudrait être fou !

Malgré cet argument très raisonnable, il m'a gratifiée d'un regard inquiet avant de s'éloigner, les mains dans le dos en signe de souci. C'est sans doute grâce à lui qu'à

13 h 30, alors que les cours allaient reprendre, j'ai été convoquée dans le bureau du principal.

Alors que j'avais rien fait du tout, et qu'on allait avoir musique, le seul cours parfaitement zen de la semaine (créneau post-repas + prof marrant + élèves comateux + musique classique = nirvana).

Le principal m'a reçue dans son bureau. Il m'a fait asseoir sur une chaise devant lui, m'a proposé un gobelet d'un liquide transparent et glacial issu d'une fontaine d'eau Culligan, un luxe inouï qu'on aimerait bien avoir dans les salles de classe. J'avais l'impression d'être chez le dentiste. Il a un peu tourné autour du pot, me demandant si j'avais passé de bonnes vacances (^^), et si je n'avais pas trouvé la reprise trop dure (?), et si j'avais des nouvelles de mon grand frère, qu'il avait eu le plaisir de connaître quand il fréquentait le collège, même qu'on aurait jamais pu croire que ce grand benêt d'Antoine deviendrait un jour gendarme (...). Si j'avais eu des sourcils, je les aurais haussés alternativement plusieurs fois. Mais j'étais condamnée à une certaine sobriété dans ma stupeur. Finalement, à court de questions débiles, le principal a fini par me demander si j'étais malade.

J'ai eu envie de tester mon *pirate-look* sur lui aussi. J'ai planté mes yeux maquillés dans les siens, avec un léger sourire, sans rien dire. Puis je lui ai demandé :

– Pourquoi ? Je vous fais l'effet de quelqu'un de malade ?

Il a souri bizarrement, puis a détourné la tête. Il s'est mis à tripoter un superbe taille-crayon qui avait dû beaucoup lui manquer, à voir sa joie de le tenir entre ses mains. Après s'être éclairci la voix, et voyant que je ne baissais pas les yeux, il a fini par répondre :

– Pas vraiment. À vrai dire, tu as l'air plutôt en forme, et ton professeur d'EPS et moi-même, nous sommes très contents de ton inscription au cross.

– Alors ? Qu'est-ce qui ne va pas ?

– Hum... Ce n'est pas évident à dire, Tania. Disons que tu as beaucoup changé, pas seulement physiquement, ces derniers temps. Tu as pris de l'assurance. Tu parais plus mature. Je sais que ta mère est malade...

– Heu... Je vois pas trop le rapport, là, m'sieur.

Il a reposé son taille-crayon sur une pile de dossiers et consulté l'écran de son ordinateur comme s'il attendait de lui une réponse au mystère Michaud, troisième 1. Et puis il a soupiré.

– Tania... Tout le monde sait que c'est difficile en ce moment pour toi, et pour ta mère.

– Oui, elle a un cancer du sein. Vous pouvez le dire, monsieur, c'est pas un gros mot.

– Oui, hum... Bien sûr. Un cancer. Je sais. Hum...

Bon, il avait réussi à placer le mot cancer. Pour *sein*, il n'était sans doute pas encore prêt. Il a repris :

– Depuis le départ de ton papa et celui de ton frère, vous êtes restées seules, ta mère et toi. Et vous êtes très proches. Mais peut-être que là, c'est... Comment dire ? Ça va trop loin. Tu as rasé tes sourcils, tes cheveux... Pourquoi ? Pour faire comme elle ?

J'avais envie de lui rétorquer que ça n'était pas rasé, à proprement parler. Mais je sentais bien qu'il n'avait pas envie d'ouvrir un débat sur la crème dépilatoire. À la place, j'ai souri. Mature, qu'il avait dit ? Eh bien, il allait voir ce qu'il allait voir.

– C'est parce qu'on est des pirates, monsieur.

Surpris, il a haussé les sourcils jusqu'à la naissance des cheveux.

– Heu… J'ai peur de ne pas te comprendre, Tania.

Ah, là, là ! Le pauvre homme ! Il était à deux doigts de reprendre son taille-crayon dans les mains. Bon, me suis-je dit. On va l'aider un peu, quand même.

– J'ai voulu prouver à ma mère que c'était pas grave de perdre ses cheveux. Je crois qu'elle avait plus peur du regard des autres que de mourir pendant son opération. C'est débile, non ? Qu'on doive se cacher pour être malade, je trouve ça dingue ! Comme si ça ne suffisait pas de souffrir, faudrait encore le faire en silence ! Et puis quoi, encore ? Et maintenant, je veux me prouver des choses à moi aussi, c'est pour ça que je me suis inscrite au cross. Y'en a marre d'avoir peur tout le temps, vous trouvez pas ? Ça sert à rien, la peur. En tout cas, ça ne fait pas avancer.

Le principal a opiné gravement, j'ai cru qu'il allait parler, mais sa bouche entrouverte n'émettait plus aucune parole. Il avait dû passer en mode ultrasons. J'en ai profité pour continuer :

– C'est justement quand des trucs graves arrivent qu'on se rend compte qu'il faut faire des conneries pendant qu'il en est encore temps ! Ma mère et moi, on ne passe pas notre temps à pleurer. On rigole bien, faut pas croire. *Qui sait ce que l'avenir nous réserve*, quoi ! comme dirait l'autre. On n'a qu'une vie, putain !

Bon, j'avoue que le *putain* était un peu de trop, pour un discours adressé à son principal. Il y a eu un silence. Un gros. Et puis, finalement, il a fini par lâcher :

– Tu sais quoi ? Sur le fond, je crois que tu as raison. Pour la forme, tu me copieras cinquante fois « Je dois surveiller mon langage quand je m'adresse à un adulte. »

À la récré de l'après-midi, j'ai raconté brièvement mon entretien à une cour d'admirateurs/trices, en en rajoutant une petite louche au passage, histoire que ça mousse. Zlatan est arrivé tout à coup, toujours flanqué de son fidèle Brian. Il avait l'air de quelqu'un qui vient d'apprendre la blague la plus drôle du monde.

– Alors, ça y est, c'est officiel ? a-t-il fait d'un ton ironique. T'es inscrite dans l'équipe des minimes, ton nom est affiché sous le préau !

Lorie et Élodie, qui n'étaient pas au courant, m'ont regardée avec stupeur. D'abord ma nouvelle coupe de cheveux, ensuite mon changement de look, et maintenant… ça ! Ça faisait beaucoup pour une seule journée. J'ai cru qu'elles allaient me dire, comme le principal, un truc du genre « on te reconnaît plus, Tania », et partir en larmoyant. Mais elles ne l'ont pas fait. À la place, Lorie m'a pincé les côtes en chuchotant : « Qu'est-ce qu'on ferait pas pour *pécho* un beau sportif ! »

À mon tour de la regarder avec étonnement. Sur le même ton confidentiel, j'allais lui répondre que j'avais vraiment autre chose à faire que de draguer Zlatan (ou qui que ce soit d'autre). Mais c'est là que Brian, qui voulait se rendre intéressant, a lâché cette phrase :

– Elle joue les *kaïra* dans le bureau du principal, se tond les cheveux et elle s'inscrit au cross ! Ha, ha ! Elle veut tout faire comme un mec, celle-là !

Il y a eu un grand blanc. Puis, un échange de regards entendus. Ça sentait la castagne, et tout le monde le savait : mes copines et moi, on est *girl power* à mort. Si Brain avait la mauvaise idée de me chercher au sujet de « ce que les filles sont censées faire ou ne pas faire », il allait se faire massacrer.

Mais on n'a même pas eu besoin de lever le petit doigt, parce que, soudain, Zlatan est sorti de son mutisme d'ours polaire pour déclarer d'un ton mystérieux :

– Moi, j'aime ça, les filles *qui en ont* !

Personne n'a rien dit. Les regards se sont tournés vers moi. J'aurais dû lui répondre, ou bien éclater de rire, ou lui mettre une baffe, ou lui claquer la bise, ou lui faire un clin d'œil, enfin, je ne sais pas, moi. N'importe quoi, sauf *rougir*.

Et pourtant, les faits sont là. À ma grande honte, je dois l'avouer : j'ai *rougi*. Jusqu'à la racine des cheveux, voire au-delà.

Le soir, quand je suis rentrée chez moi, j'ai retrouvé ma mère devant l'ordinateur. Elle revenait d'un énième rendez-vous à l'hôpital, où l'équipe de choc s'était réunie pour étudier son cas. Tout le monde semblait très content du progrès accompli après cinq séances de chimio. Bon, d'accord, ils n'en étaient pas tout de même à déboucher le champagne, et nous non plus, d'ailleurs (sans compter que j'aime pas ça). Ma mère savait bien qu'il lui restait quelques étapes incontournables, autant d'escales à faire avec son petit radeau sur des rivages inhospitaliers (purée, qu'est-ce que c'est beau ce que je dis, je devrais tenir un blog qui s'appellerait « Lecture & Confitures »).

À la fin de ses séances, en avril, elle aurait un peu de répit avant d'attaquer l'autre versant du traitement, qui consistait à la bombarder d'ondes. Après une dizaine de sessions de ce genre, on lui foutrait la paix jusqu'à l'année prochaine, où elle se verrait proposer l'opération du siècle : la vraie greffe de faux sein fabriqué avec des bouts de peau, de graisse et de viande pris un peu partout sur elle. Plus fort que la créature de Frankenstein !

Évidemment, ça ne serait pas une partie de plaisir, mais au moins ce néné-là serait bien attaché, et il n'y avait aucune raison de penser qu'il se détacherait tout seul pour nager le cent mètres…

En attendant, toute à sa bonne humeur retrouvée, ma mère s'éclatait devant l'écran de l'ordi. Tout en tapant frénétiquement, elle se marrait toute seule comme une gamine. Je me suis approchée, par curiosité. Visiblement, son blog avait subi un petit relooking : fini, le fond rose avec incrustation de pots de confiture et de feuilles mortes ! Désormais, les textes s'affichaient sur un fond noir orné de petites têtes de mort. J'ai jeté un œil par-dessus son épaule, pour constater que même le titre avait changé ! Exit « Lecture & Confitures », bienvenue à « Mère Pirate » ! En dessous du titre, écrit en blanc sur fond noir, une bannière rouge avec une tête de mort ricanante en gif animé agitait le slogan suivant : « *Crève-le-Crabe* ».

À côté de ça, mon vieux blog « Ellipse » paraissait quiche à mort, avec ses loups-garous gentils, et j'ai pris instantanément la résolution d'y mettre fin. De toute façon, je n'y allais pratiquement plus, depuis des mois. Si ça se trouve, c'était plein de toiles d'araignées. Et puis, les twilighteries, c'est comme tout : un beau jour, on se lasse. On passe un cap. En plus, je ne sais même pas intégrer des gifs animés, moi ! Trop naze, la meuf.

– Mais comment t'as fait ça ? T'as pris des cours ? T'as payé un webmaster ?

Elle a haussé les épaules négligemment, posture de la femme qui assure-mais-reste-modeste.

– Bah, j'ai eu tout le temps de surfer sur les blogs ces dernières semaines, quand j'étais en arrêt de travail. Disons que j'ai pompé quelques idées par-ci, par-là.

Je restais là, plantée comme une carotte, à contempler l'écran d'un air rêveur, quand tout à coup j'ai aperçu une tête de canard familière dans mon champ de vision.

– Euh… C'est normal, cette pile de *Super Picsou* sur ton bureau, M'man ?

– Oui, c'est normal.

– Tu les as descendus du grenier ? Tu veux les jeter ? C'est ceux d'Antoine, il va râler…

– Ah non ! Pas question de les jeter ! C'est trop bien !

J'ai dû la regarder avec un air sidéré.

Elle s'est mise à pouffer comme une petite fille qui vient de faire une grosse bêtise. Sans répondre, elle a brandi une petite note de lecture écrite à la main qu'elle était en train de taper.

– Voilà, j'ai décidé de chroniquer ça.

J'ai lu ce qui était marqué sur la fiche : « *Super Picsou Géant*, n° 402 ».

– Tu comprends, je n'arrive plus à lire de gros romans, en ce moment… J'ai la flemme. Et puis, j'en ai marre des blogs qui se prennent trop au sérieux. J'ai décidé de faire n'importe quoi sur le mien. Hier, j'ai posté la recette du riz à l'eau. Ça faisait deux lignes. Aujourd'hui, c'est *Super Picsou* !

J'ai regardé sa fiche de lecture de plus près. Elle consacrait un gros paragraphe à Dubble Duck, le clone de Donald, et un autre à Riri, Fifi et Loulou : « Sont-ils orphelins, oui ou non ? »

J'ai pensé : « Au secours, ma mère a quatorze ans d'âge mental ! » Et ça m'a fait du bien, comme idée.

mode Usain Bolt activé

Et puis, le 21 mars, premier jour du printemps, ma mère a posté ce message, sarcastique à souhait, sur son blog relooké :

« *Aujourd'hui, c'est l'équinoxe de printemps. Symbole de renouveau, de renaissance, de croissance et de fertilité. Ça tombe bien, mes cheveux vont repousser ! Et je vais reprendre le boulot, même si j'ai l'air d'un zombie et si j'ai perdu douze kilos. Ô joie ! Et, comble du luxe, dans trois semaines, on va commencer à m'irradier les cellules tumorales. À moi les brûlures, la peau sèche, la poitrine en parchemin, et mes trente bornes quotidiennes en taxi. Alors, elle est pas belle, ma vie ?* »

Au-dessus du message, la petite tête de mort sur la bannière rouge ricanait en gif animé.

En dessous, une poignée de messages s'affichaient. Rien à voir avec les dizaines de commentaires d'illustres inconnus naïfs qui fréquentaient autrefois son blog. Ceux-là avaient déguerpi dès l'annonce de sa maladie, comme s'ils craignaient d'attraper le cancer par clavier interposé. Il lui restait quelques fidèles, qui s'intéressaient à ses chroniques de livres, mais qui surtout la soutenaient dans toutes ses démarches médicales. On aurait dit les supporters d'une équipe de football de troisième division. Attentifs, respectueux, optimistes, ils lui envoyaient tous les jours des petits messages de soutien.

– Tu vois, m'avait-elle dit, j'ai des amis sur Internet que je n'ai jamais vus et qui me font plus de bien que mes amis d'enfance. Est-ce que ça veut dire que j'ai complètement déconnecté de la réalité ? Tu crois que je vis dans un monde virtuel ?

– Le monde virtuel, maman, c'est dans les jeux vidéo. C'est des vrais gens qui t'écrivent, non ? Pas des robots.

– Bien sûr. Mais tout de même, c'est un peu triste de trouver du réconfort auprès de gens que je ne connais même pas, non ?

– Triste ? C'est génial, tu veux dire ! Et puis, tout ce qui te fait du bien, ça ne peut pas être triste.

Elle m'a regardée comme si j'étais en train de me métamorphoser sous ses yeux.

– Dis-donc, ma louloute, tu es devenue un vrai puits de sagesse. Ça m'inquiéterait presque…

– Bah, faut pas. Appelle-moi Bouddha et prosterne-toi, disciple !

– Oh !

Là-dessus, elle a bondi de son siège pour me courir après dans tout le salon, essayant de me frapper à l'aide d'un exemplaire de *Picsou Magazine* qui traînait, ce qui nous faisait rire comme des débiles.

Évidemment, je n'ai pas eu trop de mal à la semer. Courir, c'est devenu une seconde nature. Même en chaussons.

En effet, la perspective du cross académique approchant, M. Parfenon mettait les bouchées doubles pour nous faire cracher nos poumons. Bientôt, nous embarquerions dans un bus comme des vaches dans une bétaillère, direction le lac d'Aydat, à trente kilomètres de là (chez nous, tous les trucs intéressants sont au moins à trente kilomètres).

Par solidarité, mes copines Élodie et Lorie avaient fini par s'inscrire elles aussi dans l'équipe des minimes, au risque de diminuer sévèrement nos chances de succès. Mais le prof avait déclaré solennellement que ce qui comptait, ce n'était pas la victoire (on a fait semblant de le croire), mais le nombre d'élèves inscrits par établissement, qui prouvait l'implication sportive du collège. À ce titre, on aurait dû figurer sur le podium d'entrée de jeu : on était sans nul doute le collège le plus « impliqué » (tout le monde n'a pas la chance d'avoir un prof obsessionnel) ! Il y aurait aussi un classement par équipes, et les quatre premiers de l'établissement seraient récompensés. Aurait-on droit à notre poids en saint-nectaire ou à une réduction de 5 % sur le montant de la cantine ? Le mystère restait entier.

Pour m'occuper un peu l'esprit avec autre chose que le cross, je faisais des ateliers maquillage les mercredis après-midi avec Élodie. J'avais décidé d'appliquer les conseils prodigués par la coiffeuse-visagiste et de me dessiner une belle ligne de sourcils pour masquer la repousse inesthétique des poils, qui évoquaient désormais une pelouse en pleine germination au-dessus de mes yeux. On s'est donc amusées toute une après-midi à tester différentes formes, du sourcil arrondi qui donne un air perpétuellement étonné à la ligne horizontale « à la japonaise » qui confère un air placide de moine zen même pas surpris par la bombe atomique. À chaque tentative, Élodie me prenait en photo avec son portable et envoyait le résultat à Lorie, pour consultation. Lorie demandait l'avis de son esthéticienne de mère et la réponse nous revenait sous forme de SMS.

« Peut mieux faire » et « Amusant » avaient été jusqu'ici les appréciations les plus positives. Mais, alors que j'étais en train de tester la ligne « en virgule », très prometteuse, Élodie avait laissé échapper un juron en consultant son téléphone.

– Qu'est-ce qui se passe ? Attends, me dis rien : elle m'insulte, c'est ça ?

– Euh… non, c'est pas ça. J'ose pas te le dire.

J'ai haussé les épaules. Elle me fait le coup tout le temps, Élodie : « J'ose pas te le dire, tu vas pas me croire, tu devineras jamais », etc. Le prof de français appelle ça des précautions oratoires ; il y a même un autre nom mais je vous en fais cadeau, essentiellement parce que je ne m'en souviens plus.

Au bout d'un moment, Élodie a fini par me lancer un regard de cocker abattu. Elle semblait sincèrement désolée.

– C'est Lorie. Je sais pas ce qui lui a pris… Elle a fait suivre ta photo.

– Hein ? À qui ?

Nouveau silence. J'avais envie de la secouer comme un cocotier, mais je me suis retenue.

– À Julien. Tu sais qu'ils sortent ensemble.

Ce détail dans la vie trépidante de ma copine ne m'avait pas échappé. Depuis trois semaines, ils étaient collés l'un à l'autre dans la cour de récré, et, quand ils étaient séparés de plus d'une rangée en classe, il était de notre devoir, en tant qu'amies, de faire passer de l'un à l'autre des petits papiers pliés en douze, avec des têtes de conspiratrices. Cela au péril de notre vie, en raison de la surveillance quasi policière à laquelle nous étions soumis (sauf en cours de musique, naturellement).

– Mais pourquoi elle a transmis ma photo à Julien ? Je pige pas.

Élodie avait dû lui poser la même question par texto, puisqu'elle avait la réponse. Une réponse qui avait l'air de la gêner beaucoup…

– Ben… Parce qu'il lui a demandé.

J'ai pris mon crayon à sourcils et je me suis dessiné deux accents circonflexes parfaits au-dessus des yeux, en signe d'interrogation.

– Il est avec ses copains, en fait. Et, du coup, bah, il lui a demandé… Enfin, c'est pas pour lui, quoi.

Tout ça demandait des explications. J'ai cessé de me regarder dans le miroir grossissant (vous savez, celui qui fait bien ressortir les points noirs) et j'ai fixé ma copine avec mes yeux de dessin animé. Elle s'est sentie obligée de poursuivre, non sans excitation, cette fois :

– Il paraît que c'est Zlatan qui a demandé.

J'ai ouvert une bouche grande comme un four à pain. Et puis, aussitôt, hop ! Je me suis mise à rougir. Ça devenait une manie.

– Tu me demandes pas pourquoi ? a fait Élodie, malicieusement.

– Non, non. C'est pas trop la peine.

Et puis, le 17 avril est arrivé. C'était un mercredi. Un jour sans intérêt, me direz-vous. Sinon que, l'avant-veille, ma mère avait reçu sa dernière injection de chimio. Et que ce jour-là, devant le collège se tenaient trente-quatre élèves sous la pluie, quatorze filles et seize garçons. Dont trois nanas qui s'étaient accroché un poisson dans le dos avec une épingle à nourrice. Ces trois filles, vous l'avez deviné, c'étaient Lorie, Élodie et moi. Le 1er avril dernier, on s'était juré qu'on courrait avec un poisson dans le dos, pour bien montrer qu'on était là pour déconner. Pour le défi, pour la beauté du geste.

Quand l'autocar nous a déposés près du lac où avait lieu la rencontre, on a vu des centaines de collégiens venus de toute la région ; certains étaient déjà en file indienne pour se faire distribuer des dossards. Vachement impressionnant.

– J'espère qu'on aura des bons numéros sur nos dossards.

On a regardé Élodie, qui venait de parler, avec effarement. Des « bons numéros » ?

– Ben oui. Des nombres positifs, quoi.

– Tu veux dire supérieurs à zéro ? ai-je fait, ironique.

– Meuh nan ! Des numéros sympas, des porte-bonheur, quoi. Vous ne croyez pas à la numérologie ?

On l'a laissé délirer toute seule et on s'est mêlées à la foule. Nos profs de sport allaient serrer la main de leurs collègues. Ils ne passaient pas inaperçus, et on aurait pu croire qu'ils avaient tenu à honorer eux aussi le poisson d'avril, car ils arboraient le survêtement de notre association sportive, lequel porte dans le dos l'inscription suivante : « A. S. du collège de Grenouilly ». (Hum. J'avais réussi à vous cacher jusque-là le nom de mon collège, ne dit-on pas qu'il faut garder le meilleur pour la fin ?)

On est allés retirer nos dossards et se faire expliquer le parcours de cross. Ça promettait. Après un tour complet du lac, il faudrait prendre un chemin menant à un terrain de football, le contourner, puis redescendre vers le parking en traversant une petite forêt de sapins. Rien qu'à regarder le tracé, j'avais mal aux jambes.

– J'veux plus y aller ! a braillé Lorie, soudain toute blanche, comme si on lui demandait d'accoucher de triplés sans péridurale.

– Allez, les filles, on se motive. N'oubliez pas notre cri de guerre : « Poisson un jour, poisson toujours ! » ai-je lancé.

– Avec tes conneries, on va finir dans le lac…

Julien est venu retrouver Lorie pour lui susurrer des choses à l'oreille. Derrière lui, le dépassant d'une tête, je voyais celle de Zlatan qui me regardait fixement. J'étais en train de bouillir intérieurement (un très bon échauffement pour la course, sans doute) lorsque, tout à coup, il se détache du peloton pour venir vers moi. Ça y est, j'étais cuite. Cramoisie, même.

– Tu te sens prête ? m'a-t-il demandé.

Comme une quiche, j'ai répondu :

– Prête à quoi ?

En toute logique, il aurait dû répondre un truc comme : « Prête à danser la salsa, patate ! » Mais il a souri gentiment et a repris :

– Tu sais, je suis sûr que je vais me mettre minable, aujourd'hui. C'est encore Juju qui va se classer, il est plus fort que moi.

C'était plutôt marrant, si l'on considère que Julien fait la moitié de son gabarit. On a du mal à associer sa paire de guiboles toutes maigres à l'idée de « force ». Mais je suppose que c'est la vieille histoire du chêne et du roseau…

– Ils distribuent du jus d'orange, là-bas. J'ai soif. Tu viens ?

Soudain prise de panique, j'ai balbutié *non-merci-je-reste-avec-mes-potes*. Et pendant que Lorie continuait à gazouiller et qu'Élodie essayait de déterminer si le numéro 119 était un « nombre positif », restée seule, je l'ai regardé s'éloigner avec une sorte de nostalgie bizarre, comme s'il partait au bout du monde et que je le regrettais déjà.

Et puis, un peu plus tard, sans que je sache comment on en était arrivés là, nous nous sommes tous retrouvés parqués entre des barrières métalliques, comme des veaux avant l'abattoir. Mon dossard portait le numéro 116 et, malgré les pronostics d'Élodie (1+1+6 = 8 = ∞= la perfection), je n'étais pas sûre que ce soit bon signe. Salomé et Loreleï étaient juste devant moi, mes copines derrière. Dans les rangs, à gauche et à droite, d'autres filles qu'on ne connaissait pas, venues d'autres collèges. Elles regardaient nos poissons d'avril avec des sourires de pitié, on leur jetait des regards intimidants, mais, au fond, elles et nous, on était toutes mortes de trouille.

Et puis, le coup de feu a éclaté.

C'était un pistolet à pétard, de ceux qu'on utilise pour les courses, mais un bazooka ne m'aurait pas fait plus d'effet. J'ai dû me raccrocher au dos de Salomé pour ne pas tomber, et je l'ai fait trébucher. Elle s'est retournée pour me jeter un regard meurtrier avant de détaler. J'ai donc couru à sa suite. J'avais déjà tout oublié du parcours. Heureusement qu'il n'y avait qu'à suivre les autres, sans quoi j'aurais foncé droit devant moi sans réfléchir, quitte à foncer dans le lac. J'étais dans une sorte de brouillard, une nébuleuse gazeuse.

Les garçons, qui courraient juste après nous, étaient massés le long des barrières pour nous encourager. J'ai distinctement entendu la voix de Zlatan qui criait : « Allez Tania ! » Ça m'a carrément choquée. On aurait dit qu'il venait de sortir un truc super intime et gênant. Pfff... Du coup, je suis sortie de mon état d'hébétude et j'ai commencé à regarder vraiment ce qu'il y avait autour de moi. À savoir, un chemin crayeux criblé de flaques d'eau, des dos et des brassards, et quelques canards sur le lac. On avait beau être parties toutes en même temps, il était évident que certaines avaient déjà plusieurs dizaines de mètres d'avance. Ça signifiait qu'il fallait que je me motive un peu si je ne voulais pas me trouver reléguée en queue de peloton, comme mes copines qui avaient déjà disparu dans les limbes, loin derrière !

J'ai alors décidé de penser à ma mère, comme la première fois au collège, pour me donner du courage. À son opération, au Noël qu'on avait passé. Tout ça m'apparaissait comme un cauchemar lointain. J'avais du mal à croire qu'on avait réellement traversé tout ça, elle et moi. Est-ce qu'on avait été totalement inconscientes ? Moi oui, sans doute. C'était de mon âge. Mais elle ? Comment est-ce qu'elle avait fait ? Elle avait fermé les yeux et traversé les flammes, marché sur les clous, comme une sorte de fakir. Ça me rappelait quand j'étais petite et qu'elle me disait que, pour ne pas se faire piquer par les orties, il fallait s'empêcher de respirer. J'y ai cru pendant des années. Je n'ai jamais su si c'était vrai. Mais j'ai compris que l'important, c'est d'avancer. Ne pas rester *québlo* sur les orties.

Franchir l'obstacle. Traverser, avancer. Même si on se fait mal. Bien sûr, on n'avait pas fini de traverser ce foutu champ miné, elle et moi. Mais, entre deux piqûres d'orties, on pouvait respirer, rire, profiter des bonnes choses. Vivre, quoi. Espérer. Croire aux signes, en la chance. Aux « nombres positifs », pourquoi pas ?

J'ai énuméré le nombre de séances de radiothérapie qu'il lui restait à faire (11), le nombre de kilomètres qui la séparaient de moi aujourd'hui (35), ses chances de guérison (83 %), son âge (44), et les mois écoulés depuis l'apparition du cancer dans nos deux vies (6). En additionnant tout ça, est-ce que ça lui porterait bonheur ?

J'ai pensé qu'elle avait fini sa chimio, que dans quelques jours, deux semaines peut-être, ses cheveux allaient commencer à repousser. Est-ce qu'ils seraient comme avant ? Une amie en voie de guérison lui avait confié que les siens repoussaient frisés. Une autre, châtain clair, était devenue blonde à la repousse. Et si ma mère devenait rousse ? Ce serait marrant. Après tout, la maladie, ça change les gens en profondeur. Alors, autant que ça transparaisse à l'extérieur…

Au fur et à mesure, mes foulées se détendaient, je respirais plus calmement. Je sentais le souffle se mettre en place, s'installer dans mon ventre et ma poitrine. Prendre le rythme. Devenir un corps machine, mécanique huilée, bien rôdée. Confort de la course qui met l'esprit sur des rails, avec un raisonnement positif et logique.

Mine de rien, on avait déjà bouclé le tour du lac et j'avais dépassé quelques filles qui se tenaient les côtes et crachaient partout. Elles étaient parties trop vite, ces cruches : on voyait bien qu'elles n'avaient pas M. Parfenon pour coach ! Bien fait pour elles. Il resterait à grimper la collinette où était juché le terrain de foot. Il n'y avait plus de spectateurs de l'autre côté des grilles, ce qui dispensait de fournir des efforts esthétiques. J'ai roulé les manches de mon T-shirt pour me découvrir le haut des bras, et j'ai craché à mon tour un glaviot splendide. Aussitôt, j'ai ressenti une soif horrible. Ça n'était pas une bonne idée, apparemment, de cracher. M. Parfenon ne nous avait rien dit à ce propos. Il était temps d'ouvrir un débat sur le sujet.

Je pourrais en parler sur mon futur blog, pourquoi pas ? En effet, il fallait que je réfléchisse à l'allure à donner à « Ellipse ». Si je faisais disparaître les loups-garous et les vampires, qu'est-ce qui resterait ? Je n'allais tout de même pas me mettre à parler de chanteurs et de fringues ! À moins que je ne me consacre à des rubriques passionnantes où je suis passée maître, telles que l'épilation et le maquillage des sourcils ?

Ou la course à pied…

J'entendais le galop frénétique de quelques excitées qui semblaient décidées à me dépasser dans la côte, j'ai donc accéléré en me penchant comme si je tentais l'ascension du mont Blanc. Quand je suis arrivée en haut, une vision d'horreur m'attendait : le terrain de foot ! Dix fois trop grand, démesuré, inutile. Je l'aurais bien traversé en diagonale, mais des profs déployés comme des arbitres nous surveillaient. Il a donc fallu le contourner tant bien que mal, essayant de rattraper les jumelles qui trottinaient de concert. Puis est venue la descente dans le petit bois, qui aurait été un vrai bonheur si le chemin n'avait pas été semé de cailloux qui ne demandaient qu'à rouler sous nos baskets.

Et enfin, le Saint-Graal : le parking du lac, où l'on voyait, massée le long des barrières, la foule des autres coureurs et des badauds. Une voiture de *La Gazette du Centre* était garée près de l'arrivée. Punaise ! On aurait même droit à une photo dans le journal, trop classe.

Puisque toutes les filles devant moi s'étaient mises à accélérer, j'ai tenté de le faire aussi. J'ai réussi à en dépasser deux, qui m'ont immédiatement re-dépassée, et je commençais à trouver toute cette histoire de sprint final complètement débile, lorsque j'ai de nouveau entendu qu'on hurlait mon prénom de l'autre côté des barrières par des voix différentes. Il y avait des voix de garçons (plusieurs ? quel succès !) et une voix de femme haut perchée, totalement hystérique.

J'ai tourné la tête.

Là, parmi les spectateurs pressés contre les barrières, j'ai reconnu une petite silhouette fragile surmontée d'une tignasse blonde : ma mère. Pas possible ! Elle était venue ! J'avais eu le temps d'apercevoir son appareil photo.

De surprise, j'ai ralenti, et me suis fait aussitôt dépasser par trois filles. Ça m'a vexée, donc j'ai recommencé à sprinter et je les ai doublées. Vivement la ligne d'arrivée, me disais-je, parce que si ça continue on va finir par se taper dessus... Déjà, on voyait les profs munis de gilets orange nous faire de grands signes (des fois qu'on manque l'arrivée et qu'on continue à courir comme des poneys). J'ai vu une fille, les bras ouverts, se ruer sur eux. Elle était première ! D'autres l'ont rejointe. La foule applaudissait. Quand ça a été mon tour, je me suis fait happer par une des organisatrices qui m'a littéralement arraché mon dossard en braillant :

– Vingt-deux !

J'étais vingt-deuxième de la course. Pas mal, sur deux cent cinquante ! Ça doit être ce qu'Élodie aurait appelé un « nombre positif », me suis-je dit. Ça sonne bien, vingt-deux. Salomé et Loreleï, de leur côté, étaient arrivées cinquième et douzième : de mon collège, j'étais donc la troisième. Je n'avais pas gagné (je n'ai jamais cru que j'en étais capable, je crois). Mais être troisième du collège, c'était déjà énorme.

Surtout pour une fille qui détestait le sport !

J'ai repris mon souffle de l'autre côté des barrières, l'estomac trop remué pour accepter la barre de céréales chocolatées et le jus de fruits qu'on me proposait. À vrai dire, j'avais carrément envie de vomir, mais je voulais attendre l'arrivée de mes copines et du coup je suis restée près de la ligne d'arrivée. Une délégation de garçons du collège est venue me féliciter, dont Zlatan, qui semblait tout ému.

– Je suis fier de toi, a-t-il même déclaré.

Je crois qu'il avait dû abuser du jus d'orange. Mais rien à faire, même si ma machine à vannes continuait à tourner à plein régime dans ma tête, c'était plus fort que moi : j'ai rougi.

Oui, oui, je sais ce que vous allez dire. Taisez-vous donc.

Soudain, M. Parfenon a surgi derrière moi : il était venu en personne me féliciter. Je n'avais pourtant rien gagné du tout, mais « j'avais fait une super course ». Tous ces compliments me montaient à la tête, et ça ne m'aurait même pas étonnée qu'on me porte en triomphe et qu'on décide de me remettre la médaille d'or, comme ça, au mérite. C'est alors que, fendant la meute des collégiens en sueur comme Moïse traversant la mer Rouge, ma mère a déboulé, les bras tendus, en braillant :

– Ma louloute ! C'est génial !

J'ai esquissé un sourire un peu grimaçant, certaine que mes nouveaux admirateurs mâles n'allaient pas tarder à transformer leur idolâtrie en franche rigolade. Mais, au lieu de se marrer, ils la regardaient tous avancer avec le plus grand respect. Surtout M. Parfenon, qui a même enlevé sa casquette d'entraîneur pour la saluer avec une courtoisie de gentleman ! Quand il a ouvert la bouche, j'ai cru qu'il allait sortir un truc du genre « mes hommages, madame », mais il a dit :

– C'est gentil d'être venue, madame Coulon.

Whaou ! il se souvenait de son nom, qui n'est pas le même que le mien ! Hallucinant. Ma mère a souri, replaçant derrière l'oreille une boucle blonde. Ce qu'il y a de bien, avec les perruques, c'est que ça vous donne une coupe de cheveux toujours impeccable. Franchement, on devrait toutes en avoir une dans sa garde-robe, histoire d'assurer pendant les mauvais jours, quand on a les cheveux tellement gras et électriques qu'on ne peut même pas y toucher sans que ça crépite.

– Oui, je suis venue soutenir ma fille… Et toute l'équipe du collège ! Ils ont bien du courage, de courir. À leur âge, j'étais plus paresseuse.

– Ce n'est pas tout à fait vrai, non ? a commenté M. Parfenon en lui glissant un clin d'œil. Je me suis laissé dire que vous étiez championne de natation…

De mieux en mieux. Qui avait bien pu lui dire ça ? Certainement pas moi. Il avait fait son enquête sur ma mère, ou quoi ? Peut-être que, depuis sa maladie, elle était devenue la coqueluche des profs du collège ? Si ça se trouve, ils avaient épluché toute sa biographie et ils parlaient d'elle à la récré. Et ils avaient des posters d'elle en salle des profs.

En gros, elle était devenue célèbre.

– Oh, championne, a-t-elle minaudé, je n'irais pas jusque-là… Mais j'aime mieux le sport qu'avant ma maladie. Je ne sais pas si c'est bon pour la santé, mais pour le moral, c'est certain.

– Alors c'est décidé ! L'année prochaine, vous courez avec nous !

– Pourquoi pas ? a-t-elle fait en riant.

J'étais sidérée. Je sais que M. Parfenon est une sorte de George Clooney local pour les ménagères de moins de cinquante ans. Mais s'il y a bien une chose dont je ne l'aurais jamais cru capable, c'est de *draguer ma mère* !

Mes copines ont fini par arriver, dans le peloton de queue, et on s'est sauté dans les bras en poussant des cris comme si on était les rescapées d'une épreuve de *Koh-Lanta*. Elles ne m'en voulaient même pas de les avoir entraînées dans cette aventure grotesque qui n'ajoutait pas à leur prestige, et là, je me suis dit que c'étaient vraiment des copines. Ma mère est venue les embrasser pour les féliciter d'avoir couru, puis elle m'a demandé ce que l'on comptait faire maintenant qu'on avait fini la course.

– Vous ne voulez pas que je vous ramène ? Ça vous évitera le retour en bus. J'ai fait les courses au passage, il y a des Oreo dans le coffre.

Évidemment, c'était tentant. J'ai bien senti le moral de mes copines qui flanchait à l'évocation des Oreo. Mais « le retour en bus », c'est ce moment d'intense émotion où, soulagé, tu chantes à tue-tête pour couvrir la radio du chauffeur, où tout le monde se parle comme si on revenait d'une colonie de vacances. Le meilleur moment de la journée, en clair.

On a donc décliné sa proposition et j'ai ajouté :

– En plus, les garçons vont courir, maintenant. On ne va pas rater ça.

Les filles ont pouffé comme si j'avais dit quelque chose d'hyper compromettant et méga révélateur, alors évidemment j'ai re-rougi (c'était juste la soixante-douzième fois de la journée). Ma mère a souri d'un air entendu.

– La *course des garçons*, hein ? Tiens, tiens… Toi, ma louloute, je parie que tu as un chéri à encourager ?

Rhhaaaa ! Ça y est ! Elle avait réussi à caser ses deux mots fétiches dans la même phrase, « chéri » et « louloute » ! Au secours ! En plus, les copines étaient carrément mortes de rire, maintenant. J'ai hésité entre éclater de colère, m'effondrer en sanglots ou partir en courant, mais j'ai aussitôt compris que ça lui aurait fait de la peine, à ma mère. Après tout, c'est pour moi qu'elle avait fait tous ces kilomètres après une injection de chimio. Pour moi qu'elle faisait la brave depuis de longs mois. Pour moi qu'elle avait ressorti son appareil photo.

Pour moi qu'elle avait acheté des Oreo.

Et, en plus, c'était pas comme si elle disait n'importe quoi, non plus… Un *chéri*, je crois bien que j'en avais un. Ou si c'était pas le cas, c'était drôlement bien imité. Alors, au lieu de faire mon adote en crise, j'ai pris sur moi, bravé les regards pleins de curiosité de mes copines, et je lui ai répondu :

– Oui, j'ai un chéri. C'est le grand, là-bas. Celui qui dépasse tout le monde.

Ouvrage réalisé par
Cédric Cailhol Infographiste.
Reproduit et achevé d'imprimer
par l'Imprimerie France-Quercy à Mercuès
en août 2015.

Dépôt légal : septembre 2015
N° d'impression : 50776/
ISBN : 978-2-8126-0929-9

Imprimé en France.